D1539303

10|18
12, avenue d'Italie — Paris XIIIe

Sur l'auteur

D'origine modeste, John Fante, fils d'immigrants italiens, né en 1909 à Denver (Colorado), fait très jeune ses premières gammes en écriture. Il montre ses textes à H. L. Mencken qui lui achète dès 1932 sa première nouvelle pour l'*American Mercury*, le prestigieux magazine qu'il dirige. Commence alors entre les deux hommes une amitié épistolaire qui durera plus de vingt ans. En 1933, son premier roman, *La Route de Los Angeles*, est refusé par les éditeurs et il lui faudra attendre cinq ans la publication de *Bandini*. Parallèlement, il fait ses débuts dans les studios de Hollywood où il participe, de 1935 à 1966, à la rédaction de scénarios d'une dizaine de films. Romancier autobiographe, Fante n'a jamais raconté dans ses romans qu'une seule histoire, la sienne. Celle d'un immigré de la deuxième génération, de son père, de sa mère, de ses frères et sœurs et de leurs voisins bavards et catholiques, italiens eux aussi. Il raconte également ses vagabondages à Hollywood, l'argent facile dans lequel on se noie, puis le choix de la pauvreté qui est celui de l'écriture. Tardivement révélé au public avec *Pleins de vie*, John Fante est mort en 1983.

MON CHIEN STUPIDE

PAR

JOHN FANTE

Traduit de l'américain
par Brice MATTHIEUSSENT

10 | 18

« Domaine étranger »
dirigé par Jean-Claude Zylberstein

CHRISTIAN BOURGOIS ÉDITEUR

Du même auteur
aux Éditions 10/18

Titre original :
West of Rome

© Joyce Fante, 1985.
© Christian Bourgois Éditeur, 1987
pour la traduction française.
ISBN 2-264-03450-5

Un

C'était janvier, il faisait froid et sombre, il pleuvait. J'étais las et déprimé, mes essuie-glaces ne fonctionnaient pas et j'avais la gueule de bois après une longue soirée de beuverie et de discussions avec un réalisateur million-naire qui voulait me faire écrire le scénario d'un film sur un couple de gangsters « à la manière de *Bonny and Clyde*, avec de l'esprit et de la classe ». Aucun salaire n'était prévu. « Nous serons associés, cinquante-cinquante. » C'était la troisième proposition de ce genre qu'on me faisait en six mois, un signe des temps très décourageant.

Je me traînais à vingt-cinq à l'heure sur la route de la côte, la tête passée par la fenêtre, le visage ruisselant d'eau ; j'écarquillais les yeux pour essayer de suivre la ligne blanche, et le toit en vinyle de ma Porsche 1967 (quatre mensualités impayées, l'organisme de crédit gueulait) a bien failli être arraché par la pluie diluvienne quand j'ai enfin bifurqué vers l'océan.

Nous habitions Point Dume, une langue de terre qui avançait dans la mer comme un sein dans un film porno, au nord du croissant de la baie de Santa Monica. Point Dume est une sorte de lotissement dépourvu d'éclairage municipal, une excroissance suburbaine chaotique couverte d'un réseau si dense de rues tortueuses et d'impasses que, j'avais beau y habiter depuis vingt ans, je m'y perdais encore dès qu'il pleuvait ou qu'il y avait du brouillard, et j'errais souvent à l'aveuglette dans des rues situées à moins de deux blocs de chez moi.

Comme je l'avais prévu par cette soirée de tempête, je me suis engagé dans Bonsall au lieu de Fernhill, puis j'ai entamé la longue routine désespérée consistant à essayer de trouver ma maison. Je savais qu'à condition de ne pas tomber en panne d'essence, je finirais par rejoindre la route de la côte et la lumière blafarde de la cabine téléphonique de l'arrêt de bus, d'où je pourrais appeler Harriet pour lui demander de venir et de me montrer le chemin de la maison.

Dix minutes après, elle est arrivée sur la colline ; les phares du break foraient des puits de lumière dans la tempête, puis ils ont zoomé sur moi et ma voiture garée près de la cabine téléphonique. Elle a klaxonné, sauté du break, puis couru vers moi en imperméable blanc. L'inquiétude écarquillait ses yeux.

« Tu vas avoir besoin de ça. »

Elle a brusquement sorti mon calibre 22 de sous son manteau et l'a tendu par la vitre

8

ouverte de la Porsche. « Il y a une chose terrible dans la cour. »

« Quoi ? »

« Dieu seul le sait. »

Je ne voulais pas de ce sacré revolver. J'ai refusé de le prendre. Elle a tapé du pied.

« Prends-le, Henry ! Il te sauvera peut-être la vie. »

Elle l'a brandi sous mon nez.

« Merde, qu'y a-t-il ? »

« Je crois que c'est un ours. »

« Où ? »

« Sur la pelouse. Sous la fenêtre de la cuisine. »

« C'est peut-être un des gosses. »

« Avec de la fourrure ? »

« Quel genre de fourrure ? »

« De la fourrure d'ours. »

« Il est peut-être mort. »

« Ça respire. »

J'ai essayé de repousser le revolver vers elle. « Ecoute, j'ai pas la moindre envie de descendre un ours endormi avec un calibre 22 ! Je vais me contenter de le réveiller. Et d'appeler le shérif. »

J'ai ouvert la porte, mais elle l'a refermée.

« Non. Examine-le d'abord. C'est peut-être rien du tout. Peut-être tout simplement un âne. »

« Oh, merde. Maintenant, c'est un âne. Ça a de grandes oreilles ? »

« Je n'ai pas remarqué. »

J'ai soupiré et mis le moteur en route. Elle est retournée vers le break en courant, puis

9

a fait demi-tour. Comme il n'y avait pas de ligne blanche médiane, je suis resté près de ses feux arrière en roulant doucement au milieu des trombes d'eau.

Notre maison se dressait sur un acre de terrain, à une centaine de mètres de la falaise et de l'océan qui rugissait en contrebas. C'était ce qu'on appelait un « ranch » en forme de Y, bâti à l'intérieur d'un mur en ciment qui entourait complètement la propriété. Cent cinquante grands pins poussaient le long de ce mur et nous donnaient l'impression d'habiter en pleine forêt. L'ensemble ressemblait exactement à ce qu'il n'était pas — le domicile d'un écrivain à succès.

Mais tout était payé, jusqu'à la dernière pomme d'arrosage, et je mourais d'envie de bazarder tout ça pour quitter le pays. Faudra d'abord que tu me passes sur le corps, me défiait Harriet, si bien que je me distrayais souvent en imaginant ma femme gisant dans une flaque de sang sur le sol de la cuisine tandis que je creusais sa tombe près du corral, après quoi je sautais dans un avion d'Alitalia à destination de Rome avec soixante-dix mille dollars dans mon jean et une nouvelle vie sur la Piazza Navona en compagnie d'une brune pour changer.

Elle était pourtant adorable, mon Harriet : vingt-cinq ans qu'elle tenait le coup à mes côtés ; elle m'avait donné trois fils et une fille, dont j'aurais joyeusement échangé n'importe lequel, voire les quatre, contre une Porsche neuve, ou même une MG GT '70.

Deux

Harriet s'est engagée dans l'allée, puis je me suis arrêté à côté d'elle dans le garage. Nous avons été surpris de découvrir là l'autre voiture, une Packard 1940, une véritable antiquité qui appartenait à Dominic, notre aîné, le premier dingo de la famille. Nous ne l'avions pas vu depuis deux semaines. Son retour par une telle nuit d'orage signifiait qu'il avait soit des ennuis, soit besoin de chemises propres. J'ai ouvert la portière arrière de la Packard. Ça puait la marijuana à l'intérieur. Harriet s'est penchée vers la banquette et, avec une grimace, a saisi une petite culotte bleue, qu'elle a relancée dans la voiture avec un beurk dégoûté.

Nous sommes sortis du garage. La maison étincelait comme un parking de voitures d'occasion ; il y avait de la lumière à toutes les fenêtres, jusqu'aux spots de la porte de derrière et du garage étaient allumés, qui inondaient la pelouse détrempée d'une iridescence blême.

« Il est toujours là », a dit Harriet d'une voix hésitante en regardant la porte de derrière. Alors je l'ai vu, tas sombre et massif, immobile et hirsute comme un tapis. J'ai dit à Harriet de garder son calme.

« Le revolver. »

« Je l'ai laissé dans la voiture. »

Elle est retournée le chercher, puis l'a placé dans ma main.

11

« Détends-toi, bon Dieu », j'ai dit.

Le tas était à une quinzaine de mètres du garage en direction de la porte de derrière, sous le passage protégé de la pluie par un auvent qui dépassait du toit et faisait comme un porche. La main d'Harriet s'est refermée sur un pan de mon manteau. L'arme dirigée vers la bête, j'ai avancé sur la pointe des pieds, effrayé, en essayant d'accommoder sur la chose brouillée par la pluie.

Une image s'est peu à peu formée. C'était un mouton qui gisait là. Je ne distinguais pas sa tête, mais son dos et son ventre laineux étaient parfaitement visibles. Brusquement, le vent a tourné, modifiant la direction de la pluie et métamorphosant l'animal. J'ai retenu mon souffle. Ce n'était pas un mouton. Ça avait même une crinière.

« C'est un lion », j'ai dit en reculant.

Mais Harriet avait une excellente vue.

« Certainement pas. » Toute peur avait quitté sa voix. « C'est juste un chien. » Elle s'est avancée d'un pas confiant.

Il s'agissait bel et bien d'un chien, un très gros chien au poil fourni, marron et noir, doté d'une tête massive et d'un court museau noir aplati, une tête mélancolique à la sombre gueule d'ours. Sans le lent va-et-vient de sa vaste poitrine, on l'aurait facilement cru mort, car ses yeux obliques étaient clos. Ses babines noires tressaillaient imperceptiblement au rythme de son souffle. Il était manifestement inconscient ; la pluie trempait sa fourrure.

Tandis que j'essayais de lui parler, Harriet a filé dans la maison, puis est revenue avec un parapluie. Nous nous sommes abrités dessous, puis penchés vers la bête. Harriet a caressé son museau mouillé.

« Pauvre chien. Je me demande pourquoi il est dans cet état. »

De la main, j'ai lissé ses épaisses et solides oreilles noires.

« Voilà un chien bien malade », j'ai dit quand mes doigts ont rencontré une tique de la taille d'un haricot, si gorgée de sang qu'elle a roulé dans ma paume comme une bille. Je l'ai lancée dans l'herbe.

« Que fait-il ici ? »

« Ce chien est un clochard », j'ai répondu. « Un individu socialement irresponsable, un fuyard. »

« Mais il est malade. »

« Il n'est pas malade. Il est trop paresseux pour chercher un abri. » Du bout de ma chaussure, j'ai effleuré ses côtes. « Va-t'en d'ici, traîne-savates. » Mais il n'a ni bougé ni ouvert les yeux.

« Oh, mon Dieu ! » s'est écriée Harriet en reculant, m'entraînant avec elle. « Ne le touche pas. Il a peut-être la rage ! »

Ça m'a refroidi. Pour rien au monde je ne voulais m'occuper d'un chien enragé. Nous sommes rentrés au pas de course et avons verrouillé la porte. J'étais trempé, l'eau dégoulinait sur le sol de la cuisine. Pendant que je retirais mes vêtements mouillés, Harriet est allée chercher ma robe de chambre. Elle me l'a apportée avec un bourbon, puis nous nous sommes assis à la table pour réfléchir au problème.

« On ne peut pas le laisser dehors », elle a dit. « Il va mourir. »

« La mort est notre lot commun », j'ai répondu en terminant mon deuxième verre.

Elle a perdu patience.

« Fais quelque chose. Appelle quelqu'un. Trouve ce qu'on fait d'un chien qui a la rage. »

L'horloge du four annonçait neuf heures et demie. J'ai téléphoné à Lamson, le vétérinaire de Malibu. Faux jeton corrompu, médecin des chiens des vedettes, Lamson ressemblait à la tique que j'avais retirée de l'oreille du chien : il se gorgeait de mon sang depuis des années, et j'étais impuissant car il possédait le seul hôpital pour chiens au nord de Santa Monica.

Son gardien m'a répondu. Le docteur et madame Lamson n'étaient pas chez eux. Ils étaient sur leur yacht à Catalina. Quand j'ai raccroché, mes lèvres marmonnaient une brève invocation à San Gennaro, le saint patron de Naples, que j'implorais d'envoyer par le fond les Lamson et leur yacht.

Ensuite, j'ai appelé le bureau du shérif en sachant exactement ce qu'allait me dire le sergent de garde, et ça n'a pas loupé : appelez donc la fourrière du comté. Le désespoir m'a submergé quand j'ai composé le numéro de la fourrière. J'étais sûr de tomber sur un enregistrement, et ça n'a pas manqué : ils étaient fermés jusqu'à neuf heures le lendemain matin.

La pluie battante s'est muée en murmure

14

avant de s'arrêter. Harriet a regardé le chien par la fenêtre.

« Je crois qu'il est mort. »

J'ai descendu un autre verre en savourant le calme après l'orage. De l'aile nord de ma maison en forme de Y arrivait le vacarme de la chaîne stéréo de Dominic, les rythmes décérébrants des Mothers of Invention. J'en étais arrivé à détester l'indicible grossièreté de ce bruit. J'ai levé les yeux vers San Gennaro et lui ai dit : Combien de temps encore, O Gennaro, dois-je souffrir ? D'abord Presley et Fats Domino, ensuite Ike et Tina Turner, puis une éternité de Beatles et de Grateful Dead, les Monkees, Simon et Garfunkel, les Doors, le Rotary Connection, tous sans exception ont violé l'intimité de ma maison, toute cette putain de barbarie a envahi mon foyer d'année en année ; maintenant, ce fils de pute avait vingt-quatre ans et était encore un foutu emmerdeur.

Tu te souviens, O Gennaro, comment il a bousillé ma T-Bird ? Et as-tu oublié la fin désolante de mon Avanti ? N'oublions pas non plus le jour où il s'est fait pincer en train de fumer de l'herbe, ça m'a coûté mille cinq cents dollars, ce qui n'a pas empêché les flics de le faire comparaître devant le tribunal, et puis ce salopard couche de temps à autre avec des femmes noires, ce qui déchire le cœur de sa mère, et constamment je suis harcelé par le soupçon qu'il est peut-être pédé. Qu'il aille se faire foutre, O saint bien-aimé. Et si le destin veut qu'un chien enragé morde l'un des membres de la famille, eh bien, qu'il le morde, lui ! Harriet a sursauté quand j'ai abattu mon poing sur la table.

« Que t'arrive-t-il ? »

« Ton fils Dominic ! » J'ai pointé sur elle un index menaçant. « Qu'il se démerde donc du chien ! »

J'ai bu un autre bourbon, puis descendu le couloir au pas de charge et frappé énergiquement à la porte de Dominic. La musique s'est tue.

« C'est qui ? »

« Ton père. Henry J. Molise. »

Il a fait jouer la clef dans la serrure, et je l'ai découvert en caleçon, jeune homme massif aux larges épaules et aux jambes musclées.

« Salut, P'pa. Quoi de neuf ? »

Je suis entré dans sa chambre.

« Où étais-tu depuis deux semaines ? »

« Dans le secteur. »

Il était rasé de frais, il sentait le citron, ses cheveux longs étaient soigneusement coiffés au-dessus de ses oreilles. Je me suis assis sur le lit pendant qu'il enfilait un pantalon à larges raies. Ce gamin parfaitement imprévisible avait plaqué l'université pour s'engager dans la Navy. Maintenant, en qualité de mécanicien, il gagnait dix mille dollars par an, ce qui ne suffisait pas à ses besoins, même s'il dépensait tout pour lui-même et empruntait de temps à autre de l'argent à ses parents. Le seul indice permettant d'expliquer ses dépenses était les jetons de poker des clubs de Gardena qu'Harriet trouvait dans ses poches avant de laver son linge. J'ai remarqué deux jetons parmi des pièces et des clefs de voiture sur la table de chevet. Il y avait aussi un paquet de préservatifs.

« Tu peux pas être un peu plus discret ? » je lui ai dit avec un hochement de tête vers les capotes anglaises : « Ta mère et ta sœur vivent aussi ici. »

Il a souri. « J'pourrais te montrer tout un flacon de pilules contraceptives dans la salle de bains de ta fille. »

Au-dessus de l'étagère, à peine visible à cause de la lampe d'architecte dirigée vers le bas, il y avait une nouvelle photo punaisée au mur. J'ai changé l'orientation de la lampe et inondé le mur de lumière. C'était l'agrandissement d'une fille noire nue en perruque blonde, assise, jambes largement écartées, sur un tabouret de bar.

« Où as-tu trouvé ça ? »

« Elle te plaît ? »

« Ça me laisse complètement froid. Ta mère l'a vue ? »

« J'viens juste de l'accrocher. »

« Tu tiens donc à ce que ta mère ait une crise cardiaque ? »

« C'est juste de la bonne pornographie. J'en ai toute une pile sous le lit, elle est au courant. Sers-toi quand tu veux. »

J'avais déjà examiné ces charmants documents. « Non, merci, je lis Camus en ce moment. »

« Camus ? Super. »

Je l'ai observé un moment.

17

« Bon Dieu, qu'as-tu donc contre les femmes blanches ? »

Il s'est retourné avec un sourire en finissant de boutonner sa chemise.

« Certains aiment la viande blanche, d'autres la viande rouge. Chacun ses goûts, non ? »

« Tu n'as donc aucune fierté raciale ? »

« Fierté raciale ! Dis, c'est une sacrée expression, P'pa. J'parie que t'as concocté ça tout seul. Incroyable... Pas étonnant que tu sois un si grand écrivain. » Il a marché jusqu'au bureau, pris un crayon et griffonné sur une enveloppe : « " Fierté raciale. " Je note ça pour surtout pas l'oublier. »

Quel crétin ! Tout dialogue était impossible avec lui, il ne manquait pas une occasion de me caresser à rebrousse-poil. J'aurais pu lui faire remarquer que j'avais travaillé d'arrache-pied sur mes misérables scénarios pour lui offrir une jeunesse décente, que la facture du chirurgien-dentiste pour sa dentition impeccable s'était élevée à trois mille dollars, sans parler des milliers de dollars qu'il m'avait coûté en voitures, motos, planches de surf bousillées, et en primes d'assurance. Mais il m'aurait alors accusé de m'apitoyer sur moi-même, à juste titre évidemment. La vie était si injuste. A mesure que vos fils grandissent, vous rapetissez, et puis vous ne pouvez même plus leur flanquer une bonne raclée. La dernière fois que j'avais corrigé ce gamin, c'était trois ans plus tôt, quand je l'avais découvert ivre mort dans une voiture en stationnement. Il avait alors eu une crise de fou rire hystérique.

18

J'ai orienté la conversation vers le chien bizarre dans la cour ; les yeux de Dominic se sont alors illuminés, car il adorait les chiens et avait autrefois eu un beagle primé dans des concours. Nous avons rejoint Harriet dans la cuisine avant de nous diriger vers l'arrière-cour.

L'orage s'était calmé, des étoiles brillaient dans le ciel bleu. Le chien gisait au même endroit que précédemment. Réunis autour de lui, nous avons écouté le rythme lent et profond de son souffle. Ecartant d'un haussement d'épaules les avertissements d'Harriet concernant la rage, Dominic s'est accroupi pour caresser l'énorme crâne taciturne. Je n'avais jamais vu chien plus triste, plus inconsolable.

« Il est épuisé », a dit Dominic. « Ecoutez-le ronfler. »

« On dirait qu'il a le cœur brisé », a renchéri Harriet. « Je me demande s'il n'a pas été maltraité. »

« Personne ne peut maltraiter un monstre pareil », a déclaré Dominic. Il frottait la rude fourrure noir et brun, tellement épaisse que la pluie ne l'avait pas traversée, si bien qu'elle était maintenant sèche et luisante. La tête lugubre gisait, inerte.

« Ce chien est très malade », j'ai tranché.

« Malade, mon œil », a dit Dominic. « Vise un peu c'qui se passe. »

L'animal bandait. Une gigantesque carotte de la Vallée de Salinas émergeait de son fourreau poilu comme pour humer l'air nocturne et de son unique œil fendu faire un tour d'horizon. Comme en réaction, le chien a lentement levé la tête et jeté un coup d'œil au nouveau venu. Apparemment satisfait, il a plié son grand cou pour le lécher affectueusement deux fois. C'étaient manifestement des amis dévoués.

« Dégoûtant », a dit Harriet.

Il y a eu un bruit métallique quand le cou de la bête s'est tordu. Les doigts de Dominic ont exploré la fourrure, puis découvert un collier à maillons avec une plaque d'identité.

« Bon », j'ai dit. « Cela devrait nous indiquer le propriétaire. »

Comme il faisait trop sombre pour lire le médaillon, Dominic a retiré la chaîne du cou du chien. Il a levé le médaillon vers la lumière, l'a lu sans commentaire, puis passé à Harriet et moi. Il y avait une inscription gravée sur le médaillon.

La voici : « Tu le regretteras. »

« Stan Jackson ! » j'ai dit.

Jackson était un écrivain qui habitait un peu plus bas sur la côte et qui inventait des gags pour les émissions télévisées de l'après-midi ainsi que pour ses amis. Ce médaillon était tout à fait dans son style. Ce devait être son chien. Harriet a fait remarquer que les Jackson étaient en voyage à l'étranger.

« Et puis », elle a continué, « je crois que Tu le regretteras est vraiment le nom du chien. » Elle s'est penchée vers l'animal et a essayé : « Salut, toi, Tu le regretteras. Comment vas-tu ? »

Très occupé par son membre, le chien ne lui

a pas accordé la moindre attention. Dominic lui a remis son collier. Il a fait une bonne suggestion : ne pas harceler le chien, le laisser vivre sa vie et lui permettre de repartir quand il le désirera.

Le chien s'est mis sur ses pattes, a rengainé son pénis et bâillé. Debout, il paraissait encore plus gros, avec une queue broussailleuse dont le panache se dressait au-dessus de son dos, et des pattes palmées de la taille du poing d'un homme adulte. J'ai estimé son poids à une soixantaine de kilos.

Harriet a dit que c'était un chien eskimo.

« Un chien de traîneau de l'Alaska », a précisé Dominic. Pour moi, il paraissait simplement formidable, une bête ténébreuse et troublée aux yeux noirs obliques et au faciès d'ours, une sorte d'énorme chow-chow. Nous nous sommes regardés avec surprise quand il a gravi les marches du porche pour entrer calmement dans la maison.

« Je ne veux pas de lui à l'intérieur », a dit Harriet.

Je me suis tourné vers Dominic.

« Fais-le sortir. »

Nous avons suivi Dominic dans la maison. Le chien n'était pas dans la cuisine. Harriet l'a découvert dans le salon, vautré sur le divan, le menton enfoui dans un oreiller.

« Il bave sur ma dentelle », a protesté Harriet. « Fous-le dehors. »

Dominic a saisi une poignée de fourrure au cou et tiré. « Dehors, mon vieux. » Il y a eu un grondement profond, sinistre, intimidant.

Ça venait de sous le plancher, de sous les fondations mêmes de la maison. Dominic a lâché sa poignée de poils pour battre en retraite. Alors le chien a grogné d'un air fatigué, puis fermé les yeux.

« Laissons-le tranquille », j'ai dit. « Il ne fait de mal à personne. Ouvre la porte de devant ; quand il décidera de s'en aller, il s'en ira. »

« J'ai une idée ! » a dit brusquement Harriet.

Elle a filé dans la cuisine, puis est revenue avec un gros paquet de viande hachée sur une assiette en carton. « Dès qu'il fera mine de me suivre, ouvre la porte », elle a dit. Tenant la viande hachée à bout de bras, elle a cajolé le chien : « Viens, mon toutou. Regarde ce que je t'ai préparé, de la bonne viande hachée bien fraîche. » Elle a glissé le plat sous ses narines.

Le chien a ouvert les yeux et lui a lancé un morne regard de mépris. Harriet était furieuse.

« Sors de ma maison ! » elle a ordonné en tapant du pied et tendant le bras vers la porte. « Allons, dehors ! »

Vaguement conscient d'elle, le chien s'est étiré, puis retourné, le dos maintenant appuyé contre les coussins. Il avait une nouvelle érection, la carotte émergeait et observait la scène. Le chien a dressé la tête et accueilli son ami avec un regard chaleureux, puis il l'a salué d'un bon coup de langue humide.

« Il est révoltant », a dit Harriet.

Je ne sais pourquoi j'ai répondu ça, mais le

fait est que je l'ai dit sans réfléchir, une sorte de bon mot spontané, une improvisation incontrôlée, sans penser à mal.

J'ai dit : « J'aimerais bien pouvoir faire ça. »

« Tu es infect ! » s'est écriée Harriet.

Elle a violemment lancé la viande hachée dans la cheminée, puis elle est sortie du salon et a descendu le couloir au pas de charge. Nous avons entendu la porte de la chambre claquer. J'ai haussé les épaules et regardé Dominic.

« Qu'est-ce qui lui prend ? » je lui ai demandé. « C'était juste une plaisanterie. »

« Un lapsus freudien », il a rectifié.

Ça m'a hérissé. « Que veux-tu dire ? Tu as un sacré culot de me sortir ça. Que connais-tu à Freud ? Tu ferais bien de le consulter chaque fois que tu te mets à la colle avec une poule noire. Tu souffres peut-être d'une sorte de maladie raciale ! »

Je n'avais pas fini qu'il avait déjà quitté la pièce, blême de rage. Il est sorti par-derrière, entré dans le garage, monté dans sa voiture, a démarré, fait reculer la voiture dont les phares m'ont éclairé quand j'ai couru pour le rctcnir alors que la voiture s'engageait dans l'allée.

« Une seconde, fiston ! »

La voiture s'est arrêtée, je me suis approché du siège du conducteur.

« Excuse-moi », j'ai dit. « Je retire mes dernières paroles. Oublie tout ça. »

Il était blessé, boudeur.

« Okay, P'pa. »

« J'ai eu une sale journée. Je suis fatigué. »

« Ça va. »

« Vas-y. Amuse-toi, profites-en tant que tu es célibataire. Ça ne me regarde pas. A plus tard. »

« Okay. »

Il a fait reculer la vieille Packard, puis l'a lancée doucement dans la rue en direction de la route de la côte ; le moteur ronronnait comme un chat dans la nuit lavée par la pluie. Sacrée bagnole. J'ai même songé à lui proposer de l'échanger contre ma Porsche pendant une semaine.

Trois

Quand je suis retourné dans le salon, le chien était toujours allongé sur le divan. En proie à un cauchemar, il geignait, pleurnichait ; ses pattes étaient secouées de spasmes. Soit il chassait quelque chose dans son rêve, soit il était poursuivi, et ses pattes bougeaient de plus en plus vite. J'ai eu pitié de lui, car j'avais souvent des rêves de fuite similaires, poursuivi par ma femme, mon agent, ou les frères King, les derniers producteurs qui avaient fait appel à mes services. Soudain il s'est réveillé et a dressé la tête, heureux de

24

découvrir que ce n'était qu'un rêve, puis il s'est assis en poussant un soupir de contentement.

« Comment t'appelles-tu, mon garçon ? » je lui ai demandé.

D'un regard, il m'a signifié de la boucler.

Je suis allé au bout du couloir pour faire la paix avec ma femme. Assise sur le lit, elle s'occupait de ses ongles. J'ai constaté avec plaisir qu'elle n'était plus fâchée.

Je lui ai dit que je regrettais mes paroles.

« Tu es parfois un tel rustre. »

« C'était une plaisanterie. »

« Tu es devenu si grossier. Quand je t'ai connu, tu n'aurais même pas imaginé de dire une chose pareille. »

« A l'époque, je voulais me faire une place au soleil. Oh Dieu, Harriet, nous sommes mariés depuis si longtemps que j'oublie parfois que toi aussi, tu as des émotions. Le mariage brutalise un homme. La paternité aussi. Et puis le chômage. Et les chiens. Qu'allons-nous faire de ce putain de chien ? »

Deux phares ont inondé de lumière la fenêtre de notre chambre qui donnait sur la pelouse de devant. Rick Colp, l'ancien marine, raccompagnait ma fille Tina dans son bus Volkswagen. D'habitude, ils n'arrivaient pas si tôt à la maison. Je pouvais seulement en conclure que le sergent avait particulièrement faim ce soir. Ils étaient fiancés depuis que Rick avait été libéré de ses obligations militaires, un an auparavant.

Quand les phares se sont éteints, Harriet a

dit : « Voilà la réponse à notre problème canin. Rick Colp. »

« Il me doit beaucoup. Au moins vingt bouteilles de scotch. »

« Ne t'inquiète pas. Il saura comment s'y prendre avec ce terrible animal. »

« Je ne veux pas qu'il l'assassine. Je veux simplement qu'il le fasse sortir. »

« Laisse Rick s'occuper de lui. »

Elle aimait bien Colp. Elle aimait son large sourire, ses cheveux blonds de surfeur qui descendaient presque jusqu'à ses épaules, sa bonne mine bronzée. Quant à moi, je ne savais pas vraiment à quoi m'en tenir. Il se comportait en goujat avec ma fille, en parasite avec moi. Depuis un an qu'il avait quitté l'armée, le sergent passait toutes ses journées à la plage et consacrait sa vie au surf. Tous les soirs à huit heures il arrivait à la maison, emmenait ma fille, et ils partaient tous les deux en virée dans son bus, au cinéma ou à des fêtes entre Santa Barbara et Laguna, puis il la ramenait en plein milieu de la nuit, parfois à l'aube.

A toute heure du jour et de la nuit, Tina le faisait entrer discrètement dans la cuisine, fermait les portes, puis lui servait une assiette d'œufs au jambon avec des toasts. Pendant qu'elle préparait le repas et mettait la table, Colp sirotait mon scotch avec de la glace. Simplement histoire de les enquiquiner, je les ai surpris une nuit à deux heures du matin ; sans chaussures, les pieds sur la table, Colp avait posé ma bouteille de scotch à portée de main. Ça m'a fait réfléchir. Je suis allé dans mon bureau, j'ai pris du papier et un crayon, puis calculé qu'en un an Rick Colp avait englouti plus de mille œufs et cent cinquante livres de jambon. Et je n'avais pas signé le moindre contrat depuis sept mois.

Le problème de l'alcool était différent. Je l'ai résolu en achetant du whisky Bonnie Lassie — sept dollars le demi-gallon — et en le transvasant dans des bouteilles vides de Cutty Sark. Le Bonnie Lassie avait un goût de chlore, mais avec son estomac de marine le sergent n'y a vu que du feu. Je planquais la bonne camelote dans le placard à balais.

Ce n'était pas mon genre d'accuser le sergent d'être un clochard des plages. Il était beaucoup trop costaud. Mais il a reçu le message cinq sur cinq par l'intermédiaire de Tina, et un soir, alors qu'il sirotait son Bonnie Lassie en attendant que Tina s'habille, il m'a expliqué les raisons de son style de vie décontracté.

« C'est une période d'adaptation », il a dit. « Je veux dire, euh, c'est pas facile de se réhabituer à la vie civile. Je préfère prendre mon temps plutôt que de me casser les dents. »

Je comprenais son problème, car moi aussi j'avais du mal à m'habituer à la vie civile. Depuis quarante-cinq ans je me bagarrais pour m'adapter, mais je n'y parvenais toujours pas. Je l'ai envié, moi aussi j'aurais aimé passer un an à vagabonder au bord de la mer dans un bus VW avec trois planches de surf, un équipement de plongée, un sac de couchage et une poupée comme Tina.

Quatre

« Ça, c'est un akita », a déclaré Colp en examinant le chien vautré sur le divan. « Un chien japonais. J'en ai vu à Tokyo. Faut pas plaisanter avec ce genre de clébard. »

« Pas étonnant qu'il refuse d'obéir », a dit Tina. « Il ne comprend peut-être pas l'anglais. »

« Je pourrais téléphoner à Mme Hagoromo qui habite Wadsworth », a proposé Harriet. « C'est une femme adorable, je suis certaine qu'elle serait ravie de parler au chien. »

« Oh, merde, Harriet », j'ai dit. « Nous ne voulons pas dialoguer avec cet animal. Nous voulons tout simplement le mettre dehors. Il ne comprend peut-être pas l'anglais, mais il comprend sûrement la force. C'est un langage que pigent tous les chiens. Pas vrai, sergent ? »

« Absolument, monsieur. »

« Pouvez-vous vous en charger ? »

Sûr de lui, il a souri. « Trouvez-moi un vieux manteau, un imperméable, un truc de ce genre. »

Harriet a ramené un imperméable en plastique du placard du couloir, et Rick en a entouré son puissant avant-bras, puis il a

28

testé cette épaisse protection et hoché la tête d'un air satisfait.

« J'ai vu faire ça au Vietnam », il a expliqué. « Quand l'animal charge, je lui coince ce bras dans la gueule. Ensuite, je lui fais une clef au cou et je le traîne dehors. Quelqu'un ouvrira la porte de devant. Mais que les autres restent derrière. »

« Non, Rick, s'il te plaît ! » a gémi Tina en se précipitant sur lui. « Tu vas te blesser. Je n'aime *pas du tout* ce chien ! »

Ses protestations ont seulement attisé le feu de la virilité de l'ancien marine, qui a déposé un délicieux petit baiser d'oiseau sur le nez de Tina en lui demandant de reculer avec les autres trouillards. Elle a saisi sa chance de faire une scène et s'est mise à pleurer ; comme d'habitude, ses larmes sont venues facilement. Il l'a embrassée, il a calmé ses inquiétudes ; j'en ai profité pour demander à Harriet si nous avions payé notre prime d'assurance pour les accidents au foyer. Elle a plissé le front, puis répondu par l'affirmative. Pendant ce temps-là, le chien, qui se doutait de quelque chose, nous regardait l'un après l'autre et laissait pendre sa longue langue baveuse.

Faisant preuve d'un exceptionnel fatalisme féminin, Tina a embrassé son marine et l'a laissé seul pour le duel. Colp s'est avancé vers le chien.

« Monsieur le chien jap », il a dit. « Vous et moi avons une affaire à régler. »

Il a lancé son bras protégé en direction

de la gueule du chien. Avec une expression stupéfaite, le chien a battu en retraite vers le coussin. Aucun ressentiment dans ses yeux. En fait, la bête semblait presque contente et joueuse. Nous étions plus surpris que Colp, qui caressait la fourrure abondante entre les oreilles du chien. Celui-ci léchait la main de Rick tandis que son faciès d'ours se fendait d'un sourire.

« Ça alors, tu lui plais ! » a dit Harriet.

« Oh, Rick ! » a chuchoté Tina.

« Il voulait seulement un peu d'affection », a répondu Colp en s'asseyant sur le divan et laissant le chien enfouir son museau dans son giron. Les yeux clos, le chien s'abandonnait à l'extase.

« Il est pas mignon ? » a demandé Tina.

« Pauvre bête privée d'ami », a renchéri Harriet.

Alors nous avons aperçu la carotte. Nous l'avons tous vue en même temps, aussi écarlate qu'un chalumeau. Colp aussi l'a vue.

Il a fait mine de se lever. Le chien ne voyait pas les choses ainsi ; il y a eu un grondement, un éclair de canines, des babines retroussées, et brusquement le chien s'est retrouvé sur lui, l'a cloué contre le divan, les crocs acérés et menaçants se sont approchés de la gorge du jeune homme pour l'avertir de rester tranquille et de se soumettre docilement à la carotte qui frappait son levi's, zap zap zap ! Rick ne bougeait pas, la large gueule féroce pressée contre son visage.

Tina a hurlé, Harriet s'est caché les yeux

en criant : « Oh, mon Dieu ! » Quant à moi, j'observais la scène, fasciné. Ça a duré cinq secondes environ. Dès que la carotte s'est trouvée en contact avec le tissu rêche du levi's, elle a été déçue et a rapidement réintégré son fourreau poilu. Dégoûté, le chien est descendu de son partenaire, puis est parti dans la cuisine.

Rick a remis en place ses boucles dorées, puis rentré sa chemise dans son pantalon.

« Ce que vous avez là, monsieur », il m'a dit, « est un chien pédé. »

« On devrait l'abattre », a ajouté Tina.

Je n'étais pas d'accord. « Les chiens sont très démocratiques », j'ai dit. « Ils baisent n'importe quoi. Une fois, j'ai eu un chien qui a baisé un arbre. »

« Je ne suis pas de votre avis, monsieur », a répondu Rick. « Ce chien est une tantouze. Je parierais gros là-dessus. »

« Tu veux dire que, parce qu'il a essayé de te sauter, il est pédé ? »

« Exactement. »

« Et s'il avait essayé de sauter Harriet ? »

Je n'ai pas vu le coup venir quand Harriet m'a frappé à la bouche. Aussi sec, elle est partie dans le couloir vers la chambre, et elle a claqué la porte.

« Papa, tu es terrible », a dit Tina.

Je me suis tamponné la lèvre avec un doigt ; j'ai vu une tache de sang. Colp semblait abattu, la tête baissée, ses yeux bleus découragés tournés vers le tapis.

« On boit un verre ? » j'ai proposé.

« Non, merci. »

« Des œufs au jambon ? » lui a demandé Tina.

« Une autre fois. »

Il s'est dirigé vers la porte, et Tina a enlacé sa taille. Alors il s'est arrêté.

« Je peux faire une suggestion, monsieur ? »

« Vas-y. »

« Abattez ce fils de pute. »

« Je vais y réfléchir. »

Bras dessus, bras dessous, ils ont marché vers son bus. Je suis allé dans la cuisine, où j'ai trouvé le chien vautré devant le poêle. Pour atteindre le placard à balais, je devais l'enjamber. J'ai pris le scotch, ai enjambé la bête dans l'autre sens, puis me suis servi un verre. Alors la porte d'entrée a explosé et Tina est entrée en trombe dans la cuisine. Elle m'a foudroyé du regard.

« Je te déteste, Papa. Je déteste ton foutu chien. Tu crées sans arrêt des problèmes. Pauvre Maman ! J'espère bien qu'elle va te quitter. »

« Pourquoi cette colère ? »

« Tu dis des choses dégueulasses ! Ton esprit pue. Tu ne respectes rien. Tu es pire qu'un chien et je ne supporte pas que tu mettes Rick dans l'embarras, tu entends ? Arrête ça ! Arrête ça ! »

Elle a couru dans sa chambre en hurlant et la maison a tremblé quand elle a claqué la porte. Le chien a ouvert les yeux. Il a battu des paupières une ou deux fois, puis s'est rendormi.

La pluie a repris ; son ronronnement sur le toit en pente m'a fait plaisir, car la pluie était synonyme d'argent dans la région, de sous tombés du ciel qui arrosaient votre propriété et réduisaient les risques d'incendie. Quand le chien a entendu la pluie, ses oreilles se sont dressées. Il s'est levé puis a marché jusqu'à la porte de derrière, où il m'a adressé un regard navré. Il voulait sortir. J'ai ouvert la porte. Il est sorti sur le porche, a reniflé l'air humide, puis a rejoint l'endroit de la pelouse où nous l'avions découvert. Il s'est couché là et a fermé les yeux sous la pluie.

Je suis allé voir Harriet. Elle était en chemise de nuit et lisait dans le lit. Une fois encore, sa colère s'était apaisée, et elle m'a souri. Quand je lui ai annoncé que le chien était sorti de la maison, elle a vivement sauté à bas du lit pour vérifier mes dires. Nous avons suivi le couloir ensemble. Pensant que Tina aimerait aussi apprendre la nouvelle, j'ai frappé à sa porte.

« Le chien est parti », j'ai dit.

« Ne m'adresse plus jamais la parole », elle m'a répondu derrière la porte.

Harriet et moi, on est restés sur le porche de derrière pour regarder la pluie tomber à seaux sur le chien endormi.

« Il est ensorcelé », elle a dit.

Une Buick 1960 s'est alors engagée en brinquebalant dans l'allée. Elle appartenait à Denny, mon cadet, l'acteur. Il a fait entrer son tas de ferraille dans le garage, puis est arrivé en courant sous la pluie, un porte-documents sous le bras.

« Je veux te parler, Maman », il a aboyé sans m'accorder la moindre attention.

« Denny, regarde », lui a dit Harriet en montrant le chien.

« Quelque chose qui ne va pas ? »

« Il dort. »

« Laissons donc dormir les chiens endormis. »

Il est passé devant nous pour entrer dans la maison.

« Viens ici, Maman. »

C'était un garçon mince aux manières vives et aux cheveux blonds comme sa mère, toujours pressé et, à vingt-deux ans, impatient d'arriver. Il étudiait le théâtre à l'université de la ville, mais sans le moindre amour pour la discipline académique. Il voulait partir pour New York afin d'y tenter sa chance comme acteur, mais il s'était engagé dans les réserves de l'armée deux ans auparavant pour échapper à la conscription. Il devait maintenant effectuer quatre années supplémentaires avant de pouvoir partir pour Manhattan. Il avait bien demandé à l'armée de le transférer à New York, mais s'était heurté à un refus, car là-bas aucune unité n'était comparable au corps spécial de Fort MacArthur. Il avait travaillé dans des carnavals, des parcs d'attractions, des foires de comté. Maintenant, en plus de ses études, il travaillait comme chauffeur de taxi à Los Angeles et dépensait presque tout son salaire pour engraisser des médecins et des avocats douteux censés lui éviter le service militaire. Malgré une douzaine de radios, analyses de sang et ponctions lombaires, même les médecins marrons n'avaient rien pu trouver d'anormal, si bien que son corps parfait le rendait maussade, écœuré, piégé qu'il était dans l'armée.

« Je t'attends, Maman », il a dit de la cuisine.

Nous l'avons rejoint autour de la table de la cuisine ; il sortait des papiers de son portedocuments. Sans me regarder, il a dit : « Je te demande de sortir, Papa. Ma mère et moi devons discuter d'affaires privées. »

« Va te faire foutre », j'ai répondu en croisant les bras.

Ignorant mes paroles et mon geste, il a tendu à Harriet une liasse de feuilles dactylographiées. « Tu m'as trompé, Maman. Tu m'as affreusement trompé. »

Harriet, qui redoutait cette épreuve, a caché ses yeux derrière ses mains. « Oh, non », elle a soupiré. « Oh, non. »

« Regarde ces pages, Maman. »

Elle a examiné en tremblant les commentaires au stylo rouge dans les marges. C'était la dissertation de son examen final, un essai sur le théâtre de Bernard Shaw. Il avait obtenu un C moins, alors qu'il avait besoin d'un B pour passer.

« Ce n'est pas juste ! » a gémi Harriet. « J'étais certaine d'avoir un A ! C'est un des meilleurs essais que j'aie jamais écrits ! »

La bouche de mon fils s'est tordue en un sourire amer ; il s'est adossé à sa chaise. « Tu m'as trompé. Tu as écrit ça par-dessus la jambe. »

« C'est faux ! J'ai énormément bûché. » Elle était au bord des larmes. « J'ai lu toutes les pièces, toutes les préfaces. Un travail gigantesque. » Ses doigts ont papillonné vers moi. « Sers-moi un verre. »

Je lui ai préparé un scotch avec de la glace. « Oh, Seigneur », elle a dit en buvant une bonne rasade de scotch et en feuilletant la dissertation. « C'est tellement injuste. Que veulent-ils de moi ? »

C'était plutôt risqué, cette combine consistant à rédiger les dissertations de Denny. Cela durait depuis un bon moment, depuis que Denny était en seconde, ce qui lui avait valu une distinction frauduleuse en dissertation anglaise, par la faute d'Harriet ; et il considérait maintenant sa mère comme responsable de ce travail.

Appuyé contre l'évier, j'ai vidé mon verre de scotch cul sec en écoutant Denny réprimander sa mère, et j'ai dû serrer les poings pour me contrôler. Sa thèse manquait d'organisation, disait-il, et puis elle avait oublié d'inclure les notes annexes adéquates. Elle avait fait une impasse sur *Pygmalion*, n'avait même pas parlé de *Homme et Surhomme*.

Harriet se tordait les mains.

« Mais ma thèse est parfaitement défendable ! Il y a peut-être quelques erreurs, mais la plupart sont affaire d'opinion. Et puis, je n'ai pas besoin de notes annexes. »

Mon salopard de fils était un malin. Maintenant qu'il l'avait intimidée, il a changé d'attitude.

« Ne te décourage pas. Tu vas bénéficier d'une deuxième chance. »

« Une deuxième chance ? » a bredouillé Harriet, totalement éberluée.

« J'ai réussi à parler avec M. Roper. Il sait combien cette U.V. est importante pour moi ; il a accepté de me laisser recommencer la dissert. »

« Magnifique », elle a gémi.

« Tu pourras le faire, Maman ? »

Elle m'a regardé.

« Dis-lui d'aller se faire foutre », je lui ai conseillé.

Denny l'observait avec un petit sourire.

« Je vais essayer, Denny. Je ferai de mon mieux. »

Epuisée, atterrée, elle a fini son verre.

« Je peux dire quelque chose ? » j'ai demandé.

« Certainement pas ! » s'est écrié Denny. « Tiens ta grande gueule braillarde hollywoodienne en dehors de tout ça. »

Je suis resté calme.

« Ecoute, crétin. Tu veux qu'on sorte pour régler ça entre hommes ? »

« Oh, la ferme. Je ne frappe jamais les vieilles badernes qui sucrent les fraises. »

J'ai posé mon verre.

« Allons-y, morveux. »

J'ai traversé le salon, puis suis sorti sur le porche par la porte de devant. Mon plan consistait à le frapper à la bouche quand il franchirait cette porte. Je savais qu'il faisait largement le poids en face de moi, et je désirais simplement ce premier coup de poing. Il ne riposterait pas. Nous avions déjà vécu ce genre de confrontation dans le passé, elles tournaient toujours en eau de boudin. Je l'ai attendu cinq minutes. Enfin, la porte s'est ouverte. Mais c'était Harriet.

« Dis à ce petit insolent que je l'attends », j'ai dit.

« Il est allé se coucher. »

« M'étonne pas. En plus, c'est un trouillard. »

« Ferme toutes les portes à clef et laisse une lumière pour Jamie », elle m'a demandé. « Je vais me coucher. »

Avant de la suivre au plumard, j'ai été voir le chien une dernière fois. Sous la bruine, il semblait mort ; une légère vapeur s'élevait de son poil, sa gueule était profondément enfouie dans l'herbe. Aucun indice ne laissait penser qu'il respirait encore, mais quand j'ai posé la main sur son poitrail, j'ai senti les battements de son cœur.

Cinq

Au réveil, ma première pensée a été pour le chien et je suis sorti du lit d'un pas chancelant. J'ai éclaboussé d'eau mon visage et regardé vers le sud par la fenêtre. La journée s'annonçait splendide. L'orage avait lavé puis astiqué le monde. La mer était une immense tarte aux mûres et le ciel brillait comme le manteau de la madone. L'air sentait les pins et le sel, et je distinguais les îles de Santa Barbara distantes de quarante miles, à cheval sur l'horizon comme une bande de baleines bleues. C'était le genre de journée qui torturait un écrivain, si belle qu'il savait d'avance qu'elle lui volerait toute son ambition, étoufferait la moindre idée née de son cerveau.

Quand je suis entré dans la cuisine, Harriet préparait le café. Elle était radieuse.

« Il est parti ! » elle a annoncé en souriant.

J'avais besoin de preuves plus tangibles, je devais m'en assurer par moi-même, si bien que je suis sorti. Pas la moindre trace de la bête. Je suis passé sous les pins dégoulinants pour regarder par-dessus le mur. J'ai inspecté le garage, le corral, jusqu'à la vieille caravane qui dans le passé avait servi de niche à mes bouledogues. Là, j'ai trouvé quelque chose qui m'a plongé dans une douce sentimentalité. C'était une vieille batte de base-ball, coupée en deux à coups de crocs par mon grand Rocco, qui adorait les battes et surtout leurs poignées où il se délectait de la sueur des mains de mes fils.

Le petit déjeuner était prêt quand je suis retourné dans la maison. J'ai bu mon café, allumé ma première cigarette et senti le premier frisson prémonitoire agacer mon esprit. Ce sacré chien était encore dans le secteur.

Le destin refusait de me laisser quitte aussi facilement. Ce fils de pute n'était pas parti. Une appréhension terrible m'a obligé à me lever. Il était ici, sous mon toit. Mon intuition m'a dirigé vers l'aile nord de ma maison en Y, vers la chambre de Jamie.

J'ai ouvert la porte et jeté un coup d'œil à l'intérieur. Ils dormaient tous les deux, chacun allongé sur le côté droit, le bras de Jamie enlaçait le cou du chien, tous les deux ronflaient. Ce spectacle m'a plu. J'aimais que les garçons dorment avec les chiens. Il était difficile de s'approcher davantage de la divinité. J'ai fermé la porte et suis retourné dans la cuisine.

« Jamie a un invité. »

« Pas cet horrible fils Shaw », a dit Harriet.

« Pire. »

Elle a levé les yeux au-dessus d'un volume de pièces de Bernard Shaw, et croisé mon regard.

« Le fils des Castallani ? »

« Le chien. »

Elle s'est mise à trembler, sa tasse vacillait dans sa main pendant qu'elle buvait son café. « Je ne peux pas m'en occuper en ce moment », elle a dit en renversant du café sur son livre. « J'ai toutes ces lectures à faire, toutes ces pièces. Tu as déjà essayé de lire une pièce de Bernard Shaw ? » Elle a levé la main vers ses yeux. « Oh, Seigneur, s'il te plaît ! Ne me parle plus de ce chien ! »

Ainsi ma journée a commencé, suite de tâches exaltantes dans la vie romantique, excitante et puissamment créatrice de l'écrivain. D'abord la liste des courses. Vroom ! je fonce sur la route de la côte dans ma Porsche, sept miles jusqu'au supermarché de Mayfair. Hiii ! je freine et me gare dans le parking, saute de ma voiture, enroule mon écharpe blanche deux fois autour de mon cou, et bam ! je franchis les portes automatiques. Paf ! La laitue, les pommes de terre, les cardes, les carottes. Zim ! Le rôti, les côtelettes, le bacon, le fromage. Bam ! Le gâteau, les céréales, le pain. Boum ! Le détergent, la cire, les serviettes en papier.

Retour à la voiture, vroom vroom sur la route, il file comme l'éclair le long des déferlantes aussi crémeuses que le détergent aux enzymes, l'auteur insouciant et sauvage qui emplit ses jours d'une exquise sensualité. Mais le vent qui fouettait mon visage m'a ramené à la seule et unique réalité, et j'ai failli sangloter au souvenir impitoyable de Rome, un capuccino posé sur la petite table de la Piazza Navona, une fille aux cheveux noirs de jais assise à côté de moi, qui mange du melon d'eau et crache les pépins en riant vers les pigeons.

Jamie prenait son petit déjeuner quand j'ai ramené les courses dans la cuisine. Le chien était couché à ses pieds. Il m'était maintenant si familier qu'il m'a semblé faire partie intégrante de la maison.

« Je vois que vous avez fait connaissance », j'ai dit.

« Ouais, il est okay. »

41

« A-t-il déjà tenté de te baiser ? Hier soir, il a bien failli réussir avec Rick. »

« Il a essayé, mais il est vraiment stupide. C'est pour ça que je l'aime. J'en ai marre des chiens intelligents. »

« Jamie veut le garder », a dit Harriet.

« Rien à faire. »

« Pourquoi ? »

« Parce que je suis fatigué des chiens, parce qu'il appartient déjà à quelqu'un, parce que je ne veux pas de lui à la maison. » J'ai alors décidé de produire mon argument décisif. « Au nom du Ciel, pense un peu à ton père. Je ne peux pas travailler dans cette maison de fous. J'ai besoin de paix et de tranquillité. Si seulement tu savais ce qu'un écrivain doit endurer pour... »

Il a lancé ses bras au plafond.

« Okay, okay ! Je connais ça par cœur ! »

Il a repoussé sa chaise, puis rejoint ventre à terre la porte de derrière en criant au chien : « Viens, Stupide ! »

Le chien s'est aussitôt levé pour le suivre. Stupide. Ce nom lui allait comme un gant. J'ai décroché le téléphone et commencé de composer le numéro de la fourrière du comté.

Dans la cour, j'ai entendu le claquement mat d'un ballon de basket. C'était Jamie qui défoulait sa colère en lançant le ballon dans l'anneau fixé au mur du garage. Il était mon meilleur gosse. Il ne fumait pas de came, ne buvait pas de gnôle, ne couchait pas avec des Noires, il ne voulait pas devenir acteur. Un père pouvait-il en demander davantage ? Ce fils avait quelque chose de sain et de rafraîchissant.

Depuis son enfance, il avait toujours aimé les animaux, il avait élevé des poules, des canards, des lapins, des hamsters et des cochons d'Inde. Je l'avais vu embrasser des cochons d'Inde sur la bouche avec une affection débordante, et pendant tout un été il avait dormi avec deux serpents royaux amoureusement lovés contre sa poitrine. Il avait maintenant dix-neuf ans, il bénéficiait d'un sursis et était un crack en maths promis à un avenir brillant. Après ses cours, il travaillait au supermarché, économisait jusqu'au moindre sou qu'il gagnait et désirait faire des études de gestion des affaires. Plus important encore, il incarnait mon meilleur espoir d'une vieillesse heureuse. Les autres, Tina comprise, me banniraient comme je bannissais le chien, mais ma pension de la Société des Ecrivains, plus les allocations de la sécurité sociale et l'aide mensuelle de Jamie m'assureraient sans doute la tranquillité au soir de ma vie. Alors à quoi bon bousiller mon propre avenir ? Qu'il garde donc le chien. Que ressentirait-il dans dix ans en se souvenant de son paternel comme du salopard insensible qui avait envoyé Stupide à la chambre à gaz du comté ? Non, je ne désirais pas cela. J'ai donc raccroché et suis sorti discuter avec lui.

« Tu peux le garder si tu me promets de t'occuper de lui », je lui ai dit.

« Je n'en veux pas, Papa. Tu as raison. Ce serait trop d'ennuis. »

« Qu'allons-nous faire de lui ? »

« Emmenons-le sur la plage », a proposé Jamie. « Il ira se balader de son côté, et ce sera la fin de l'histoire. »

« Bonne idée. »

Le chien était couché dans un massif de lierre.

« Viens, Stupide », j'ai dit.

Il n'a pas bronché, mais quand Jamie l'a appelé il s'est levé immédiatement. Tout allait bien pour l'instant. Je suis entré dans la maison pour annoncer notre plan à Harriet. Elle a été si soulagée qu'elle m'a embrassé. Je lui ai juré qu'elle ne reverrait plus jamais ce chien.

« Maintenant, sois fort », elle m'a dit. « Pas de faiblesse de dernière minute. »

« Tu me connais. L'homme de fer. Et puis c'est la seule façon humaine de se débarrasser de lui. Il va décamper sur la plage, et adieu Stupide. »

J'ai rejoint Jamie et le chien devant le portail, puis nous avons commencé de descendre la rue. Quatre cents mètres nous séparaient de la barrière qui menait à la plage ; il y avait des propriétés d'un acre de part et d'autre de la rue, une maison sur chaque terrain, au moins un et plutôt deux chiens dans chaque maison. Point Dume était la ville des chiens, le paradis canin des dobermans, bergers allemands, labradors, boxers, weimaraners, grands danois et autres dalmatiens.

Un vacarme infernal s'est déchaîné quand nous avons descendu la rue. Elwood et Gracie, les boxers primés des Epstein, sont sortis comme deux flèches de leur allée et ont sauté sur Stupide avant qu'il n'ait compris ce qui lui arrivait ; ils l'ont fait tomber à terre. Hurlements, jappements, grognements ont empli l'air ; un tourbillon de poils s'est soudain créé dans la poussière du bas-côté de la rue. On aurait juré qu'ils mettaient Stupide en pièces, mais l'akita a aussitôt repris ses esprits et contré ses assaillants, sa gueule d'ours ouverte aussi largement qu'une pelle. Gracie a poussé un hurlement de douleur, puis battu en retraite en traînant la patte.

Elwood, qui était sur le dos, avait planté ses crocs dans l'épaisse fourrure du cou de Stupide, dont il arrachait de généreuses poignées. Stupide l'a alors cloué au sol avec ses pattes, et sa bouche caverneuse a plongé vers la gorge du boxer. Mais il n'a pas blessé Elwood. Il se contentait de l'immobiliser en pesant de toute sa masse sur le boxer. Alors la carotte a jailli, émergeant comme une dague orangée au moment précis où Mme Epstein, en bigoudis, ouvrait la porte de sa maison et assistait, consternée, à l'indéniable tentative de viol dont était victime sa fierté et sa joie. Saisissant un torchon à poussière, elle s'est précipitée sur le lieu du drame.

« Oh, Elwood ! » elle a gémi. « Mon pauvre Elwood ! »

Elle a donné plusieurs coups de torchon sur le dos de Stupide, tandis qu'il essayait de planter son poireau. Mais son membre inoffensif glissait tantôt à gauche, tantôt à droite, fouaillant parfois la terre, tant et si bien que sa taille diminuait peu à peu, et qu'il a fini par disparaître. Alors seulement il a libéré sa proie, le visage obscurci de stupéfaction, le dos fouetté du torchon à poussière. Indemne mais penaud, Elwood a bondi sur ses pattes, puis plongé pour un dernier coup de croc dans le poil épais de Stupide. Après quoi il a détalé et rejoint Gracie à côté de la maison.

Jamie et moi avons fait face à Mme Epstein. Elle haletait, furieuse, et foudroyait Stupide du regard.

« Qu'est-ce que c'est que cette saleté ? »

« Un akita », j'ai répondu.

« C'est quoi ? »

« Un chien japonais. »

« Des bull-terriers, et maintenant *ça*. Vous pouvez donc pas avoir un chien civilisé ? »

« Ce n'est pas lui qui a commencé, Mme Epstein », a plaidé Jamie. « Vos chiens l'ont attaqué. »

« Comment le leur reprocher ? Regardez cette horrible bête ! Sa place n'est pas dans un quartier respectable. Avez-vous vu ce qu'il a fait à Elwood ? »

Langue pendante, le souffle court et couvert de poussière, Stupide s'était assis pour regarder Mme Epstein.

« Je vais le signaler à qui de droit », elle a dit en repartant vers sa maison. Elle s'est arrêtée sur le seuil pour appeler ses chiens. « Elwood ! Gracie ! Rentrez immédiatement ! » Ils se sont précipités dans la maison. Avant de

46

fermer la porte, elle m'a gratifié d'un regard assassin.

Nous nous sommes penchés au-dessus de Stupide qui léchait ses pattes et se nettoyait après la bagarre. Une poignée de fourrure manquait sous son poitrail, mais il n'était pas blessé. Je lui ai assené une tape admirative sur le ventre.

« Ce gaillard sait se battre », j'ai dit.

« Tu crois qu'il aurait fait le poids contre Rocco ? »

« Je n'irais pas jusque-là », j'ai dit. « Mais il a mis deux boxers en déroute. Il promet. »

« C'est un pédé, Papa. »

« César aussi était pédé. Et Michel-Ange. »

« Dommage qu'on puisse pas le garder. »

« Ta mère en ferait une jaunisse. »

A mesure que nous descendions la rue, le système d'alarme canin nous précédait avec une parfaite efficacité : le colley des Hamer, les beagles hystériques des Frawley, le doberman des Borchart, un concert de chiens petits et gros de part et d'autre de la rue, qui protestaient contre l'intrusion de l'étranger sur leur territoire.

Ils le voyaient entre Jamie et moi, qui tenions son collier ; ils humaient l'odeur de la bête venue d'ailleurs, sa présence scandaleuse les rendait fous de rage, certains rebondissaient le long des clôtures grillagées, d'autres battaient en retraite dans des garages ou sous des porches, où ils lançaient à pleins poumons des hurlements qui attiraient aux fenêtres des femmes et des enfants, lesquels se demandaient anxieusement derrière les rideaux quel monstre s'était aventuré à Point Dume.

Langue pendante et tête haute, Stupide appréciait ces marques d'attention à leur juste valeur et tirait sur son collier comme un cheval pressé de s'élancer hors du portillon de départ. Quand nous sommes passés devant la maison des Bigelow, leur grand danois couleur fauve a bondi sur la clôture et s'est fendu de quelques aboiements asthmatiques. Stupide a retroussé les babines pour exhiber ses crocs blancs menaçants.

Au-delà des Bigelow, une dernière épreuve nous attendait avant d'atteindre la barrière métallique qui donnait sur la plage — un ennemi sauvage trop formidable, à peine pensable. Pourtant nous savions qu'il nous attendait juste après le virage.

Il s'appelait Rommel ; son propriétaire, Kunz, était un cadre supérieur des cerveaux de la Rand à Santa Monica. Rommel. Importation directe de Berlin, monarque en titre de l'empire canin de Point Dume. Ce berger allemand noir et argent habitait la dernière maison de la rue et s'était arrogé la fonction de garde-barrière entre le quartier et la plage. Un chien terrible, un *Gauleiter* doté d'un instinct peu commun pour repérer les inconnus et les vagabonds (mais qui remuait toujours la queue à la vue d'un uniforme), beau comme Cary Grant et féroce comme Joe Louis, le roi inflexible des chiens, mais selon moi inférieur à Rocco, mon bull-terrier, abattu par la balle d'un assassin un an avant l'arrivée de Rommel.

48

Alors que nous approchions du cul-de-sac, Rommel s'est présenté, le système d'alarme de ses sujets l'ayant averti de l'intrusion d'un homme ou d'un animal dans Cliffside Road.

Aussitôt mon cœur s'est emballé, et j'ai compris que cet affrontement était ma seule raison d'amener Stupide à la plage. J'ai regardé Jamie. Son visage était congestionné, ses yeux scintillaient. Le seul de nous trois qui n'était pas conscient de la menace imminente était Stupide. Apparemment, son odorat était aussi médiocre que sa vue, car il plastronnait sans voir Rommel, sa grande langue battant ses babines, un sourire béat sur son visage d'ours.

Rommel avançait d'un pas furtif et menaçant, la queue tendue à l'horizontale, le poil légèrement hérissé. Brusquement, il a lâché un grognement terrifiant qui a mis fin aux jappements et autres aboiements le long de la rue. Le roi avait parlé, un silence angoissé régnait. Stupide a dressé les oreilles quand ses yeux ont découvert Rommel à trente mètres devant lui. Il a bondi en avant pour nous faire lâcher son collier, et nous l'avons retenu quelques secondes avant de le libérer. Il ne s'est pas accroupi comme son rival teuton. Non, il a marché vers la bataille la tête haute, le panache de sa queue fournie oscillant comme un drapeau au-dessus de son arrière-train.

J'ai eu l'impression d'assister à un duel dans l'Ouest sauvage. Jamie léchait ses lèvres. Mon cœur battait la chamade. Nous nous sommes arrêtés pour regarder.

Rommel a frappé le premier, enfonçant profondément ses crocs dans la fourrure de la gorge de Stupide. Autant mordre un matelas. Stupide s'est libéré, dressé sur ses pattes arrière, tel un ours, utilisant ses pattes avant pour tenir le Teuton à distance. Rommel aussi s'est dressé sur ses pattes arrière ; gueule contre gueule, ils ont essayé de se mordre. Mon Rocco, spécialiste des bagarres de rue, les aurait étripés tous les deux s'ils avaient employé cette tactique contre lui. Mais Rommel était un adepte du combat sur deux pattes, dans le strict respect des règles, pas de coups bas, pas de morsures au bas-ventre, la gorge comme seule et unique cible autorisée.

Il a frappé plusieurs fois, mais sans pouvoir s'accrocher. A ma grande surprise, Stupide ne mordait pas. Il grondait, ses mâchoires claquaient, il rugissait pour égaler les rugissements de Rommel, mais de toute évidence il voulait seulement se battre, et pas tuer. Il était de la même taille que Rommel, mais son poitrail était plus puissant et ses pattes frappaient comme des massues.

Après une demi-douzaine de charges, le match nul semblait inévitable, et il y a eu une pause momentanée dont les chiens ont profité pour se jauger. L'alerte Rommel était immobile comme une statue tandis que Stupide s'approchait de lui et commençait à décrire des cercles autour du berger allemand. Rommel observait cette manœuvre d'un air soupçonneux, les oreilles dressées. Selon toutes les règles du combat de chiens classique, on aurait dû s'en tenir à un match nul, les deux animaux regagnant leurs pénates respectifs avec leur honneur intact.

Mais pas Stupide. Vers la fin du deuxième cercle, il a soudain levé ses pattes vers le dos de Rommel. *Touché*[1] ! C'était un coup fantastique, sans précédent, osé, humiliant et si peu orthodoxe que Rommel s'est figé sur place, incrédule. On eût dit que Stupide préférait batifoler plutôt que lutter ; ça a jeté Rommel, ce noble chien qui croyait au fairplay, dans une confusion terrible.

Alors Stupide a révélé son but incroyable : il a dégainé son glaive orange en bondissant sur le dos de Rommel ; tel un ours, il a immobilisé Rommel de ses quatre pattes puissantes, puis entrepris de mettre son glaive au chaud. Quelle finesse ! Quelle astuce ! J'étais enchanté. Dieu, quel chien !

Grondant de dégoût, Rommel se débattait pour échapper à cet assaut obscène, son cou se tordait pour atteindre la gorge de Stupide, son arrière-train se plaquait au sol pour échapper aux coups de glaive. Il savait maintenant que son adversaire était un monstre pervers à l'esprit dépravé, et il se tordait en tous sens avec l'énergie du désespoir. Enfin libre, il s'est éloigné furtivement, la queue basse pour protéger ses parties. Stupide gambadait autour de lui pendant que Rommel battait en retraite vers sa pelouse où il s'est couché en montrant les crocs. Il y avait de l'écœurement et du

---

1. En français dans le texte. (*N.d.T.*)

51

dégoût dans le gémissement qui est monté de sa gorge : il ne voulait plus entendre parler de cet adversaire révoltant, trop répugnant pour qu'on l'attaque.

Il était battu, écrasé. Il avait jeté l'éponge.

« Bon Dieu ! » j'ai fait en m'agenouillant pour serrer le cou de Stupide entre mes bras. « Oh, Jamie ! Tu as vu un peu notre Stupide ! »

Jamie a saisi son collier.

« Eloignons-le avant que ça recommence. »

« Ça ne recommencera jamais. Rommel est fini, ratiboisé. Regarde-le ! »

Rommel remontait l'allée de Kunz vers le garage, la queue entre les jambes.

« Partons », a dit Jamie.

« On le garde. »

« Impossible. Tu as promis à Maman. »

« C'est mon chien, ma maison, ma décision. »

« Mais il n'est pas à toi. »

« Il le sera. »

« C'est une source d'ennuis. Il est cinglé. »

« C'est un grand lutteur. Il gagne sans donner le moindre coup à son adversaire. »

« C'est pas un lutteur, Papa. C'est un violeur. »

« On le garde. »

« Dis-moi pourquoi. »

« Je ne suis pas obligé de tout te dire. »

Nous sommes revenus sur nos pas, Stupide entre nous, sous un feu roulant d'aboiements. Je savais pourquoi je voulais ce chien. C'était clair comme de l'eau de roche, mais je ne pouvais le dire à Jamie. Ça m'aurait gêné. En revanche, je pouvais me l'avouer franchement.

J'étais las de la défaite et de l'échec. Je désirais la victoire. Mais j'avais cinquante-cinq ans et il n'y avait pas de victoire en vue, pas même de bataille. Car mes ennemis ne s'intéressaient plus au combat. Stupide était la victoire, les livres que je n'avais pas écrits, les endroits que je n'avais pas vus, la Maserati que je n'avais jamais eue, les femmes qui me faisaient envie, Danielle Darrieux, Gina Lollobrigida, Nadia Grey. Stupide incarnait le triomphe sur d'anciens fabricants de pantalons qui avaient mis en pièces mes scénarios jusqu'au jour où le sang avait coulé. Il incarnait mon rêve d'une progéniture d'esprits subtils dans des universités célèbres, d'érudits doués pour apprécier toutes les joies de l'existence. Comme mon bien-aimé Rocco, il apaiserait la douleur, panserait les blessures de mes journées interminables, de mon enfance pauvre, de ma jeunesse désespérée, de mon avenir compromis.

Il était un chien, pas un homme, un simple animal qui en temps voulu deviendrait mon ami, emplirait mon esprit de fierté, de drôlerie et d'absurdités. Il était plus proche de Dieu que je ne le serais jamais, il ne savait ni lire ni écrire, et cela aussi était une bonne chose. C'était un misfit et j'étais un misfit. J'allais me battre et perdre ; lui se battrait et gagnerait. Les grands danois hautains, les bergers allemands arrogants, il leur flanquerait une bonne dérouillée, il en profiterait même pour les baiser, et moi je prendrais mon pied.

Six

Harriet récoltait la moisson quotidienne de factures dans la boîte aux lettres, quand nous sommes arrivés. A la vue du chien, sa mâchoire est tombée, la colère a jailli dans ses yeux.

« Appelle ton agent », elle m'a dit d'une voix sèche.

Point final. Elle a tourné le dos au portail, puis remonté l'allée jusqu'à la porte de la maison sans jamais se retourner. Nous avons emmené Stupide dans la cour de derrière pour lui donner à manger de la viande de cheval en boîte, achetée du temps de Rocco. Il a englouti quatre boîtes à quarante cents pièce, et il avait encore faim.

« Ce chien va te ruiner », a dit Jamie. « Tu n'as même pas de boulot en vue. »

« Le Seigneur y pourvoira. »

Nous lui avons encore donné une boîte, puis je suis entré pour téléphoner à mon agent. Harriet était assise à la table de la cuisine, entourée des œuvres complètes de Bernard Shaw. Elle s'est imperceptiblement éloignée de moi pendant que je composais le numéro.

Mon agent m'a dit qu'il tenait un gros coup. Joe Crispi, d'Universal, voulait me voir. Crispi et moi étions amis de longue date ; nous avions travaillé ensemble à la Columbia, des années plus tôt. Le rendez-vous était fixé à trois heures, cet après-midi. J'ai dit que j'y serais.

« De quoi s'agit-il ? » je lui ai demandé.

« C'est top secret », a répondu mon agent,

ce qui signifiait que tous les agents et scénaristes de la ville étaient au courant.

« T.V. ou cinéma ? »

« Je ne peux rien te dire », a dit l'agent. « Je suis contraint au secret. » Ça voulait dire la télé. Mais peu importait. J'avais si salement besoin d'argent que j'aurais rampé devant Joe Crispi à l'entrée du *Century-Plaza* contre un cachet correct.

J'ai mis presque une heure à me raser, me doucher et endosser mon costume d'écrivain. J'ai même mis une veste à carreaux sous mon manteau sport en cachemire. Quand je suis repassé par la cuisine, Harriet avait disparu. Elle m'évitait à cause du chien. Je l'ai vainement appelée dans les deux couloirs avant de trouver une porte de W.C. fermée. J'ai frappé.

« Harriet ? »

Pas de réponse, mais je savais qu'elle était là. J'ai encore frappé.

« Que veux-tu ? » elle a demandé.

« J'y vais. »

Pas un mot.

« Veux-tu en parler avant que je m'en aille ? »

« Jc te prie de me laisser tranquille et de sortir d'ici. Je suis sur le trône. »

Je lui ai dit au revoir, puis suis allé au garage. Jamie jouait au basket, Stupide dormait sur la pelouse. Il semblait déjà faire partie de la famille, en harmonie avec le gazon, les arbres et ce chaud après-midi de janvier. Quand j'ai fait sortir la Porsche du garage, j'ai senti un endroit lisse et mort sur ma joue, là où Harriet ne m'avait pas embrassé pour me dire au revoir. Depuis un quart de siècle, le baiser avant de partir faisait partie intégrante de notre existence. Il me manquait maintenant comme un grain de son rosaire à un moine.

Sept

Le trajet durait quarante minutes jusqu'à Universal. J'ai zigzagué dans les montagnes côtières par le canyon de Malibu jusqu'à la Vallée, où j'ai pris l'autoroute tout du long jusqu'à Universal City. Je me rongeais les sangs à cause de la situation à la maison. L'humeur d'Harriet ne présageait rien de bon. D'habitude elle était docile, aimable et un peu rancunière, mais quand on outrepassait certaines limites, elle s'en allait.

C'était déjà arrivé deux fois, et dans chaque cas à cause d'un animal. Pendant la première année de notre mariage, alors que nous habitions San Francisco, j'avais un jour ramené un rat blanc en cage dans notre appartement, avec l'intention de l'apprivoiser. Puis le rat s'est échappé dans les ressorts du divan, où il a été impossible d'aller le chercher. Harriet m'a donné une heure pour me débarrasser de lui ; quand j'ai échoué, elle a fait sa valise, est sortie puis est montée dans un car Greyhound à destination de la ferme de sa tante, à Grass Valley. J'ai mis un mois à la récupérer. J'ai dû aller à Grass Valley, et là, en présence de sa tante, je me suis agenouillé pour la supplier de revenir à la maison. Finalement elle a accepté, mais non sans d'abord apporter d'importantes modifications au contrat de mariage. A l'époque j'étais jeune et stupide, je la baisais trois fois par jour par amour et pour m'avilir.

Dix ans plus tard, Mingo, mon premier bull-terrier, a mangé le chat siamois de Harriet, et elle m'a de nouveau plaqué, m'abandonnant avec une pleine maisonnée de chats, de chiens et de chiards. Retour à Grass Valley, journées de négociations, propositions et contre-propositions par le courrier et par téléphone, puis le numéro lassant du mari éploré à genoux devant son épouse furibarde, jusqu'à la conclusion d'un nouveau pacte. L'une des conditions stipulait que je devais renoncer à Mingo. C'était une exigence horrible, mais elle me tenait par les couilles, si bien que j'ai emmené Mingo dans un champ d'orangers de Tarzana où un vieillard adorable élevait des bull-terriers et où est né plus tard mon grand Rocco, engendré par Mingo.

Aujourd'hui, elle se mettait apparemment en condition en vue d'un nouveau départ pour Grass Valley. Je connaissais parfaitement les symptômes : le sourire de porcelaine, la bouche pincée, les méditations silencieuses aux toilettes, l'hostilité ricanante. Mais j'avais changé au fil des ans, mes valeurs étaient désormais différentes. Un chien était certes une fort belle créature, mais il ne savait pas repasser les chemises ni préparer les fettuccini ou le poulet marsala, pas davantage écrire une dissertation sur Bernard Shaw, et puis un chien a l'air sacrément idiot en bas noirs. Quand je me suis garé dans le parking d'Universal, je m'étais convaincu que Stupide devait partir.

Comme j'avais dix minutes avant mon rendez-vous avec Joe Crispi, j'ai téléphoné à la maison d'une cabine publique.

Denny m'a répondu ; je lui ai demandé d'appeler sa mère au téléphone.

Il m'a dit : « Ecoute, Papa. Tu ne trouves pas que tu as déjà causé assez d'ennuis comme ça ? »

Je l'ai engueulé.

« Pas de sermon, petite crapule. Appelle ma femme au téléphone. »

Plus d'une minute s'est écoulée avant que je n'entende de nouveau la voix de mon fils.

« Elle est dans son bain. »

« Dis-lui que c'est important. »

Il y a eu un silence.

« Elle te plaque, Papa. »

« C'est pour ça que j'appelle. Dis-lui que le chien s'en va. Dès mon retour à la maison. »

Il a laissé le téléphone trois minutes, durant lesquelles j'ai glissé une autre pièce dans la fente.

« Désolé, Papa. Elle ne te croit pas. »

J'ai grogné. « Qu'y a-t-il, Denny ? Encore Grass Valley ? »

« J'ai l'impression. Elle a retenu une place dans l'avion de sept heures pour Sacramento. »

« Empêche-la de faire ça ! Dissuade-la ! »

« Que crois-tu que je fais ? Si elle se trisse, que va devenir ma dissert sur Bernard Shaw ? »

« Essaie encore. Je rentre à la maison dès que possible. »

J'ai raccroché, groggy et dégoulinant de sueur dans la chaleur de la Vallée ; puis j'ai marché jusqu'au bureau de Joe Crispi dans le Bâtiment C. J'ai senti l'ancienne douleur revenir dans mon duodénum, cet élancement qui me tordait toujours les tripes avant un rendez-vous avec un producteur.

Mais cette fois je savais que ça n'avait rien à voir avec Joe Crispi. C'était la perspective du départ d'Harriet et l'épuisant processus de la réconciliation. Je ne pouvais plus négocier comme avant. J'étais foutrement trop vieux. Plutôt me tirer une balle dans la tête que de refaire le pèlerinage à Grass Valley, revoir cette vieille baderne de tante qui avait maintenant quatre-vingt-dix ans, son salon style 1890, cette affreuse ville dont les habitants m'appelaient encore « le p'tit Rital ». J'ai marmonné une prière : « San Gennaro, aidez-moi, au nom du ciel. »

Devant le Bâtiment C, un petit fox-terrier pomponné comme pas deux s'est mis à aboyer vers moi dans un coupé Mercedes à dix mille dollars avec une décoration intérieure en cuir rouge, une petite morveuse de chienne convain-

59

cue d'avoir le monde à ses pieds. Je me suis approché de la voiture et lui ai tiré la langue. Elle a passé ses mâchoires déchaînées par la mince ouverture en haut de la vitre et s'est mise à brailler comme un putois. J'ai visé et lui ai craché à la gueule en espérant qu'elle appartenait à Jacqueline Susann.

Je n'avais pas vu Joe Crispi depuis sept ans, depuis l'époque où nous nous retrouvions régulièrement au Bureau d'aide de l'Etat à Santa Monica pour toucher nos chèques de chômage. Aujourd'hui millionnaire, il produisait trois émissions de télévision à succès et avait aussi à son actif une crise cardiaque. Il avait grossi, des bajoues encadraient son visage basané de Sicilien. Trop de choses et trop peu nous étaient arrivées pour que nous puissions retrouver la chaleur de nos précédents rapports. Il avait même oublié le nom de mon épouse, qu'il appelait Hazel.

Très pragmatique, il est allé droit au but. Il venait de terminer le film pilote d'un nouveau feuilleton, une comédie, une comédie très humaine, précisait-il, et il sentait qu'elle convenait admirablement à mes talents. Le financement de l'opération était déjà assuré, il envisageait vingt-six épisodes.

« Tu pourras en écrire autant que tu voudras », il a dit. « Tu as du temps ? Je veux dire, tu bosses sur quelque chose ? »

Je lui ai répondu que j'étais libre, prêt à me mettre au travail.

« Magnifique », il a dit en s'extirpant de son fauteuil. « Allons à la salle de projection.

60

J'ai organisé une projection du pilote pour toi. »

« Parle-m'en d'abord un peu. »

« Regarde d'abord le pilote. On discutera après. Je veux que tu le voies sans préjugé. »

Je l'ai remercié pour le mal qu'il s'était donné afin d'obtenir une projection spécialement pour moi.

« Laisse tomber. Je fais toujours ça avec les scénaristes. Cartes sur table, et pas de prêchi-prêcha. »

C'était typique de Joe Crispi. Originaire des bassins houillers de Pennsylvanie, il avait publié un roman sur la pauvreté et le désespoir des mineurs italiens, puis s'était orienté vers des films sur les dockers, les boxeurs et les gangsters. Il avait l'air d'un dur, son écriture était sèche, il essayait toujours d'être honnête. S'il préparait un feuilleton comique, les personnages devaient être les gens frustes et terriens qu'il connaissait si bien — des Italiens, des Polonais, des Noirs. Je pouvais écrire avec des personnages de ce calibre.

Il m'a fait descendre deux étages jusqu'à la salle de projection. J'ai décidé d'aimer le pilote quoi qu'il arrive, car j'avais besoin d'argent et de réussir un scénario à succès.

Crispi a ouvert la porte de la salle de projection et nous sommes entrés. C'était une petite salle qui contenait une cinquantaine de fauteuils ; j'ai eu un coup au cœur en découvrant que chaque place était occupée et qu'il y avait beaucoup de gens debout à l'arrière et le long des murs. C'étaient des scénaristes, évidemment, de jeunes scénaristes, des gars de Princeton et de Dartmouth, des scénaristes new-yorkais habillés dernier cri, la plupart portant la barbe et les cheveux longs. Il y avait aussi quelques scénaristes femmes, assez chic et séduisantes pour être des actrices. J'étais le plus vieux couillon de la salle. Hormis Joe et moi, tous les gens présents avaient moins de trente ans et semblaient paisibles, ambitieux. Et impitoyables. Crispi s'est installé à la place d'honneur, derrière un bureau couvert de téléphones et relié électroniquement à la salle de projection.

L'acide giclait de mon duodénum quand les lumières se sont peu à peu éteintes ; mon vieil ulcère me conseillait de foutre le camp pendant que je cherchais une place debout près de la sortie. L'écran s'est illuminé, la projection spécialement organisée à mon intention a commencé.

Mes tripes se sont nouées comme une ligne de pêche quand la chose a commencé de défiler sur l'écran. Le feuilleton s'intitulait « Pierre le chanceux », et je vous le donne en mille, son héros était un chien, un putain de petit caniche français nommé Pierre, dont la maîtresse était Melinda, quatorze ans, et puis il y avait le papa, un banquier de Wall Street, ainsi qu'une snob et arrogante maman. Cette saloperie était accompagnée d'une bande-son de rires totalement superflue, car ces lèche-culs de scénaristes hurlaient à chaque mètre de pellicule et s'époumonaient à chaque dialogue.

62

C'était un drame atroce et bouleversant, tout droit issu des mines de charbon de l'enfance de Joe Crispi. Melinda, Papa et Maman prennent à Paris un 747 pour rentrer à la maison ; Melinda a caché le ravissant petit Pierre dans un sac et personne parmi les passagers ou l'équipage ne se doute de sa présence ; alors qu'ils survolent l'Atlantique, deux terroristes, assez basanés pour être cubains, s'emparent de l'avion, mais Pierre surgit alors de son sac au milieu des hurlements des passagers et des cris enthousiastes des scénaristes présents. J'ai senti que j'allais vomir ou mourir. J'ai senti une brûlure rance monter vers ma gorge ; alors j'ai ouvert discrètement la porte, puis pris mes cliques et mes claques.

Au tabac à côté de la cafétéria, j'ai acheté deux paquets de bicarbonate, puis me suis dirigé vers ma voiture. J'avais fini le premier quand je suis arrivé sur l'autoroute de Calabazas. Il était presque cinq heures, j'avais tout le temps de rentrer à la maison avant le départ d'Harriet pour l'aéroport. Mon ulcère s'était calmé au point que j'ai risqué une cigarette, mais la douleur est revenue en force quand je me suis engagé dans l'allée.

Denny portait les bagages d'Harriet dans sa voiture.

« Trop tard », il m'a crié en me voyant me précipiter dans la maison.

Assise en peignoir devant sa coiffeuse, Harriet passait du vernis sur ses ongles. La vapeur de son bain embuait les vitres, la senteur voluptueuse des sels de bain et des

63

parfums saturait l'air. L'espace d'un instant, j'ai songé à la culbuter, mais les muscles crispés au milieu de son front indiquaient clairement qu'elle n'était pas d'humeur à pratiquer ce genre de sport.

« Alors tu t'en vas », j'ai dit en m'asseyant sur le lit.

« Tu as sacrément raison : je m'en vais. »

« Pourquoi ? Tu as gagné. Le chien part. »

Elle ne disait rien.

« Il ne s'agit peut-être pas du chien, mais de moi », j'ai reconnu. « Je viens de me creuser la tête pendant une heure ou deux, et ce que j'ai découvert n'est pas très agréable. Je suis un mari pourri, un mauvais père, un écrivain minable, un raté sur toute la ligne. Pas étonnant que tu partes. Tu en as marre de moi, marre de mes coups tordus. Je ne suis pas non plus un adonis. Tu devrais peut-être aller passer quelques jours à San Francisco, trouver un jeune gars aimable et t'envoyer en l'air. C'est une thérapie formidable, et Dieu sait que tu as le droit de t'amuser un peu. »

Son visage s'est adouci tandis qu'elle me regardait dans le miroir.

« Si je change d'avis, me promettras-tu quelque chose ? »

« Tout ce que tu voudras. »

« Ne laisse pas entrer le chien dans la maison. »

« Le chien part. Pas question de le garder ici. »

« Je ne veux pas que tu te sépares de lui.

Tu as besoin d'un chien. Tu n'es plus le même depuis la mort de Rocco. »

« Tu ne pars plus ? »

« Je ne peux vraiment pas. Je dois rendre cette dissertation sur Shaw la semaine prochaine, sinon Denny n'aura pas son examen. »

Elle s'est levée et a retiré son peignoir. Zap ! Elle portait une jarretière au-dessus d'une minuscule culotte, à l'élastique noir bordé de jaune et décoré de roses jaunes. A la taille, un ruban noir parsemé d'autres roses. Et des bas noirs.

« Sainte Mère de Dieu ! » j'ai dit.

Elle s'est éloignée de moi pour fermer la porte et la verrouiller ; je suis resté assis en regardant les ondulations sinueuses de son cul, semblable aux cordes pincées d'une guitare. La douleur de l'ulcère avait disparu.

Huit

Stupide était sage comme une image. Il ne s'aventurait jamais hors de la propriété bien que les deux portes fussent ouvertes en permanence ; et le garder hors de la maison ne posait pas le moindre problème. Il préférait le grand air, il aimait dormir sur la pelouse, qu'il pleuve ou pas, et se servait rarement du lit que nous lui avions aménagé au garage.

Cet animal habitué au froid exprimait toute

son énergie quand un orage éclatait ou que la température chutait. Quand elle montait au-dessus de trente degrés, il se réfugiait dans le lierre ou sous un arbre.

Pour la forme, j'ai tenté de retrouver son propriétaire, mais mes efforts avaient pour seul but d'apaiser ma conscience ; ainsi, j'ai fait passer une petite annonce dans le modeste journal local en disant que j'avais trouvé un gros chien mâle et que je désirais entrer en contact avec son propriétaire. J'ai volontairement évité l'énorme *L.A. Times*, diffusé dans toutes les bourgades du Sud-Ouest. Au bout d'une semaine, j'ai fait retirer l'annonce, acheté une licence pour Stupide et l'ai fait vacciner contre la rage.

Le fonctionnaire qui m'a donné la licence l'a catalogué akita pur sang. Quant au vétérinaire d'Oxnard qui lui a administré les piqûres, il l'a qualifié de croisement entre chien eskimo et akita, tandis que son assistant optait pour un croisement entre chow-chow et akita.

Pour moi, Stupide était un akita pure race, car lors d'une exposition canine, j'avais vu d'autres membres de cette espèce — tous avaient des yeux obliques, des pattes palmées et une queue empanachée. Stupide ressemblait exactement aux akitas de l'exposition.

C'était sans aucun doute un étranger, avec tous les problèmes d'adaptation d'un étranger dans un quartier *Wasp*[1], méprisé par tous les

---

1. *Wasp* : White Anglo-Saxon Protestant. (*N.d.T.*)

chiens de souche anglaise et détesté par les races allemandes. Il faisait bonne figure dans le clan des bâtards, mais il essayait de baiser avec tous les mâles sans exception. Il haïssait les femelles ; quand elles étaient en chaleur, il les attaquait sauvagement. Il avait terrifié la Gracie de Mme Epstein. Après cette première rencontre je n'ai jamais revu Gracie, même si je l'entendais souvent aboyer derrière la maison des Epstein. Naturellement, les Epstein ont cessé de nous parler ; nous nous évitions chaque fois que nous poussions nos chariots dans les allées du supermarché.

Les chiens vivaient en liberté à Point Dume. Quand une bande de mâles excités passaient devant la maison à la poursuite d'une femelle en chaleur, Stupide jaillissait comme un boulet de canon, dispersait les prétendants, puis rejoignait la femelle. Elle l'attendait en minaudant pendant qu'il trottait vers elle. Ensuite elle avait le choc de sa vie, car il la mettait K.-O. et l'attaquait furieusement jusqu'à ce qu'elle s'enfuie, la queue basse.

J'avais deux théories pour expliquer l'inadaptation de Stupide. Selon la première, il avait certainement appartenu à une portée de nombreux chiots, une dizaine de frères et sœurs, tous plus vigoureux que lui-même, si bien qu'à l'heure des repas tous sauf lui avaient une mamelle à téter. Et il devait attendre que les autres fussent rassasiés avant de trouver un téton disponible, mais sa mère avait alors épuisé ses réserves ou bien elle en avait pardessus la tête, moyennant quoi elle le rejetait.

67

Stupide avait amèrement souffert de ces mauvais traitements précoces ; au fil du temps, surtout pendant la puberté, il avait ruminé ce rejet maternel et fini par détester toutes les femelles.

Ou alors, ayant atteint la maturité sans rencontrer de problème majeur avec ses parents, il avait connu une première expérience sexuelle désastreuse. Peut-être avec une chienne frigide, une femelle de grand danois, ou une fière-à-bras qui l'avait non seulement repoussé, mais sans doute rossé.

Pour couronner le tout, il y avait le problème de ses origines. Convaincu de son pedigree japonais, je pouvais fort bien me tromper en le considérant comme un akita pure race. On pouvait envisager que sa mère ait été un berger allemand. Auquel cas le choc des cultures orientale et teutonne risquait de créer de fantastiques complications génétiques. L'agressivité germanique alliée à la ruse orientale, cela formait une combinaison imprévisible, aussi explosive que celle de l'essence et du saké. Ces éléments pouvaient rester stables pendant un certain temps, mais tôt ou tard la conflagration était inévitable.

Le chemin du cœur est le même pour un chien que pour un homme. Au bout de deux semaines, Stupide a compris qu'il dépendait de moi pour la nourriture ; dès lors, j'ai été son maître.

J'avais besoin d'un chien. Il simplifiait le cercle de mon existence. Il était là dans la cour, bien vivant et amical, occupant la place de tous les autres chiens morts et enterrés dans la terre même qu'il foulait. Je pouvais comprendre cela — mes amis chiens, vivants puis morts, réunis sur le même terrain. Cela avait du sens. Mon père et ma mère reposaient dans un cimetière du Nord, et moi j'étais toujours vivant à Point Dume, je marchais sur cette même terre californienne qui les abritait. Cela aussi, je le comprenais.

Je sortais parfois le soir avec ma pipe, mon regard allait de Stupide aux étoiles, et je sentais comme un lien. J'aimais ce chien. Quand j'étais enfant dans le Colorado, je restais souvent assis avec mon chien pour regarder les étoiles. Stupide était l'enfance ressuscitée, il ramenait les pages de mon caté-chisme. *Qui est Dieu ?* Dieu est le créateur du ciel et de la terre et de toutes les choses. *Dieu est-il partout ?* Dieu est partout. *Dieu nous voit-il ?* Dieu nous voit et nous surveille. *Pourquoi Dieu nous a-t-il créés ?* Dieu nous a créés pour que nous le connaissions et l'ai-mions dans ce monde, et pour que nous soyons heureux avec lui dans le prochain.

Je pouvais y croire de tout mon être quand j'étais assis sur l'herbe avec Stupide. Parfois, il profitait de ma position pour se lever, poser ses pattes avant sur mes épaules et essayer de me sauter. Il m'aimait donc. Comment aurait-il pu exprimer autrement son amour ? En écri-vant un poème, en m'offrant un bouquet de roses ? Je lui assenais un bon coup de coude dans les côtes, qui suffisait à le faire descendre. Rocco aussi m'avait aimé ; lui exprimait son amour en mordant mes chaussures ou en déchirant un objet qui m'appartenait, une chemise, une paire de chaussettes, mon chapeau ou, malheureusement, les poignées de mes clubs de golf. Mais Rocco était un individu normal, il aimait les chiennes, alors que Stupide avait ce problème avec les femelles, qui me le rendait cher.

Il m'a fait du bien. Un mois après son arrivée, j'ai commencé un roman. Rien d'extraordinaire à cela. J'entamais tout le temps des romans, qui me permettaient de combler les temps morts entre deux scénarios. Mais ils tournaient court à cause de mon manque de confiance et de discipline ; je les abandonnais alors avec un sentiment de soulagement.

Ecrire des scénarios était plus facile et rapportait plus de fric ; il me suffisait de torcher une sorte de schéma unidimensionnel, de faire tout le temps bouger mes personnages. La formule de base était toujours la même : de la bagarre et du cul. Quand c'était terminé, vous donniez ça à d'autres gens qui bousillaient votre travail pour essayer d'en faire un film.

Mais quand j'entamais un roman, ma responsabilité était terrible. J'étais non seulement le scénariste, mais aussi le héros, tous les personnages secondaires, et puis le metteur en scène, le producteur, le chef opérateur. Si votre scénario aboutissait à un résultat médiocre, vous pouviez vous en prendre à un tas de gens, du metteur en scène au dernier des machinistes. Mais si mon roman faisait un flop, je souffrais seul.

J'avais déjà écrit quinze mille mots sans le moindre symptôme d'effondrement, quand le vieux désir de plaquer ma famille est revenu. Les pages fredonnaient, je voulais être seul. J'ai bien sûr pensé à Rome, j'ai même joué avec l'idée d'y emmener Harriet. Avant le départ, nous vendrions d'abord la propriété de Point Dume, chose impossible tant que nous aurions les enfants sur le dos. Quant au chien, je pensais qu'il n'aimerait pas Rome, une ville où tous les chiens doivent être muselés et tenus en laisse. Bizarrement, je n'imaginais jamais Stupide avec moi à Rome. Il m'était seulement utile avant le voyage. Une fois les enfants dans la nature et la maison vendue, je serais riche, et libre comme l'air.

Plus je tirais des plans sur la comète, moins Harriet y figurait. Tout bien pesé, je ne pensais pas que Rome lui plairait. Séparée de ses amies, isolée par la barrière de la langue et celle de la culture, elle s'ennuierait à mourir. Et puis, elle n'avait plus le moindre goût pour les choses italiennes. Finalement, j'ai décidé que la meilleure solution pour elle serait de louer un appartement à Santa Monica, après quoi je pourrais m'envoler pour la Piazza Navona et entamer une vie nouvelle.

Neuf

Harriet escomptait un meilleur résultat avec Bernard Shaw. Elle a eu un B. Ç'a été une cruelle déception pour son orgueil, même si ce B permettait à Denny de quitter l'université de la ville avec une mention passable en études théâtrales.

La lettre fatidique est arrivée par un brûlant après-midi lugubre de février ; l'air chaud de Santa Ana suffoquait le ciel, l'atmosphère semblait saturée d'électricité, les arbres grésillaient comme pendant un incendie, la mer était plate et amorphe. La chaleur et la mauvaise nouvelle l'ont tellement déprimée qu'elle s'est consolée avec la bouteille. Je me suis mis à boire avec elle par sympathie, car j'avais lu sa dissertation, vingt pages de prose lucide et sophistiquée. C'était précisément ce qui avait cloché. Beaucoup trop bon pour avoir été écrit par un nigaud comme Denny.

Assis dans la cuisine dont toutes les fenêtres étaient ouvertes, nous avons bu du chablis frais jusqu'au coucher du soleil en écoutant la marée montante rugir comme des lions dans une fosse. Stupide allait fébrilement d'un endroit à un autre dans la cour, piégé dans son épaisse fourrure, le souffle court et ne tenant pas en place, tandis que le vent brûlant agitait les pins. Nous buvions le vin glacé comme du petit-lait ; son effet n'a pas tardé à se faire sentir.

« Je vais protester auprès du conseil universitaire », a dit Harriet d'une voix vibrante. « Ce Roper est un pédant méprisable et vindicatif. Il a volontairement descendu Denny. » Elle a brusquement vidé son verre. « Va me chercher l'annuaire ! Trouve le numéro du conseil universitaire ! »

« C'est trop tard. Ils sont fermés à cette heure. »

« J'y vais personnellement », elle a menacé. « Je veux m'expliquer face à face avec ce Roper. J'ai droit à une explication. »

« Si tu y vas, vas-y seule », je lui ai suggéré. « N'emmène pas Denny avec toi : M. Roper risquerait de lui poser quelques questions gênantes sur Bernard Shaw, et tu serais prise en flagrant délit d'imposture. »

Ça l'a un peu calmée.

« Oh, Dieu », elle a gémi. « Je me suis vraiment décarcassée pour cette dissert. J'ai tout donné. »

Elle est allée vers la cuisinière pour ouvrir le four où les lasagnes mijotaient en dégageant une délicieuse odeur d'herbes et de sauce tomate. Elle a retourné les légumes, puis remué la salade avec une cuillère en bois. C'était l'une de ces rares occasions où la famille serait réunie au grand complet pour dîner, Rick Colp compris.

Sinon, la cuisine était devenue un lieu de passage où chacun préparait ses repas à sa guise. C'était inévitable, car tous les habitants de la maison se réveillaient à des heures différentes, et l'on ne pouvait compter sur personne pour préparer le dîner ; cette tâche incombait donc à Harriet et à moi.

Un jour, Harriet a cessé de cuisiner des repas dignes de ce nom. Elle a rempli le congélateur de plats à réchauffer, et laissé sa progéniture se débrouiller. Elle a d'abord cru que cela lui donnerait moins de travail, mais elle se trompait, car personne ne lavait sa vaisselle ni ne nettoyait la cuisine. Ni les sermons ni les règles édictées n'aboutirent au moindre résultat. C'était toujours Harriet qui faisait le sale boulot, s'occupait de toute la maison, des chambres, du linge, des comptes. Elle dirigeait tout, sauf le jeudi, quand la femme de ménage nettoyait les vitres et s'occupait des tâches les plus dures.

J'ai regardé l'horloge en débouchant une autre bouteille. Presque sept heures ; ils avaient déjà une demi-heure de retard, mais il était inutile de se mettre en rogne, mieux valait s'y habituer. A tout moment, nous nous attendions à entendre le téléphone sonner, Dominic, Denny ou Tina nous informant qu'ils seraient en retard ou annonçant tout de go qu'ils ne viendraient pas. Mieux valait s'habituer à cela aussi.

Nous buvions le chablis dans un silence pessimiste, notre patience à bout, car nous évitions soigneusement un sujet qui pesait lourdement sur nos cœurs, l'indépendance de nos enfants. C'était pourtant un sujet éculé, que nous avions abordé sous tous les angles, une saloperie de boulet à nos pieds qui nous permettait de nous apitoyer sur nous-mêmes et de ressasser nos erreurs.

Mais lorsque nos langues nageaient dans l'alcool, surtout le vin, Harriet et moi retirions nos masques pour nous lancer dans un jeu cruel auquel nous jouions parfois.

Quand elle a dit : « Tu ne trouves pas que Denny a un merveilleux esprit analytique ? », j'ai compris que le jeu avait commencé et je ne me suis pas fait prier pour y participer.

« Ce gosse est un génie », j'ai répondu. « Un génie incontestable. »

« Un acteur dans la famille ! » a gloussé Harriet. « Ça va être formidable ! »

« Absolument. Un autre Frankie Avalon. »

« Peut-être même un Jackie Cooper. »

« Denny est tellement sensible, si reconnaissant du moindre service. Je crois que c'est ce que je préfère en lui. »

« Je sais ce que tu veux dire », j'ai rétorqué. « C'est sa meilleure qualité. Mais bon Dieu, voyons les choses en face — tous nos gosses possèdent cette qualité, cet amour du foyer, ce respect inné pour leur père et leur mère. »

« Je crois que Denny mérite d'être récompensé pour son diplôme d'études théâtrales. »

« Il a écrit une dissertation magnifique. Que dirais-tu d'hypothéquer la maison pour lui acheter une Bentley ? Voilà une voiture d'acteur. Ça lui donnerait de l'assurance. »

« Il n'acceptera jamais. Il est comme Tina, il pense toujours aux autres. »

« Ah, cette Tina ! » j'ai dit en souriant. « Quelle épouse elle va faire pour Rick Colp ! Quelle femme d'intérieur, quelle cuisinière ! Dire qu'elle a appris tout ça ici même, en aidant sa mère ! »

« C'était une merveilleuse élève. Je n'ai jamais rencontré un talent pareil pour faire la vaisselle, récurer les planchers, nettoyer les murs et les fenêtres. Elle adore ce travail. C'est une fille courageuse. Et propre comme un sou neuf. »

« Oh, je sais. J'ai vu sa chambre ce matin. Un véritable modèle d'ordre. Pas de serviettes par terre, pas de vêtements dans tous les coins. Seigneur, ce Rick Colp est un sacré veinard ! »

« D'ailleurs, ils sont faits l'un pour l'autre. »

« Des enfants de la nature qui iront de plage en plage ; pendant que Rick fera du surf, elle s'occupera de la maison. Ils mangeront des moules avec des biscuits salés, loin des soucis du monde. »

« Et quand les bébés arriveront, ils les installeront dans des hamacs en travers de leur maison à roues. »

« Et nous ? » j'ai protesté. « Pourquoi ne pourrions-nous pas nous occuper des bébés ? »

Elle a soupiré. « Nos propres petits-enfants, qui une fois encore rempliront la maison de rires ! »

« Tu es sûre que ça ne t'ennuirait pas ? Les couches et tout le reste ? »

« Ces chères petites fesses. J'adorerais ça. »

« Oh, Harriet ! Est-ce Dieu possible ? Tu

76

crois vraiment qu'ils nous les confieraient ?
Ce serait l'accomplissement du rêve de ma vie,
l'activité idéale de nos vieux jours, recommencer tout le cycle, élever à nouveau des
enfants. »

Nous nous sommes arrêtés sans un rire ni
même un sourire, nous étions silencieux et
fatigués, nous n'avions pas fini. Il restait
Dominic.

« Dominic. »

« Qui ? »

Elle refusait de jouer à notre jeu avec lui.
Il y avait des femmes noires dans son avenir,
et même le cynisme était insuffisant pour
aborder ce sujet. Aussi sûrement que nous
étions assis là, nous savions tous deux qu'un
jour Dominic nous ferait cadeau d'une bru
noire. Je m'en moquais. Quelque part dans
mon arbre généalogique napolitain il y avait
eu une cargaison de Nord-Africains. Mais
Harriet ? Elle venait de Londres du côté de
son père, et de Düsseldorf par sa mère.

Vers huit heures ils ont commencé d'arriver en traînant la savate. D'abord Jamie. Il
venait de son travail, son retard s'expliquait.
Ses notes du semestre auraient dû être dans
le courrier avec celles de Denny ; Harriet lui
a demandé pourquoi nous n'avions rien reçu.

« J'en sais rien », il a dit.

« Les résultats sont bons ? » j'ai demandé.

« Excellents », il a répondu évasivement, en
se versant un verre de vin.

« Tu as intérêt, si tu veux éviter la conscription. »

77

« Inutile de me le rappeler. »

Il était troublé, mais rien de plus difficile que de soutirer des informations à ce gamin. Contrairement à ses frères, il était paisible et mystérieux. Quand on le pressait, il avait une façon bien à lui de se fondre dans les murs.

Puis Denny est arrivé. Il a sorti une enveloppe de sa casquette de chauffeur des Taxis Jaunes, et l'a tendue à Harriet.

C'était une lettre de M. Roper. Harriet a refusé de l'ouvrir. « Je n'aime pas M. Roper. » Elle me l'a donnée.

Je l'ai ouverte et j'ai lu :

« *Chère Mme Molise, je tiens à vous remercier pour votre superbe dissertation sur Bernard Shaw. C'est de très loin le plus bel essai écrit par un parent que j'aie jamais lu en vingt-cinq ans d'enseignement. Officieusement, c'est un plaisir pour moi de vous récompenser d'un A. Toutes mes félicitations. Sincèrement vôtre, Thomas Roper.* »

Harriet a eu peur.

« Que veut-il dire ? Tu as des ennuis, Denny ? »

« Non, pas d'ennuis. Je suis simplement gêné. »

« Tu as eu un B », j'ai dit. « Que veux-tu de plus ? »

« Il m'a démasqué. Je suis un escroc. La vérité a éclaté au grand jour. »

« Bon Dieu, ne me dis pas que tu viens de t'en apercevoir. »

Il s'est penché pour embrasser Harriet.

« Je sais que tu voulais bien faire, maman,

78

mais tu en as rajouté. La dissert est trop bonne. Me rendrais-tu un autre service ? »

« Qu'as-tu donc en tête ? » je lui ai demandé.

« J'aimerais que vous écriviez une lettre à mon officier commandant. »

Il avait un culot monstrueux. Maintenant qu'il avait son diplôme universitaire, il voulait qu'Harriet et moi l'aidions à sortir des réserves de l'armée.

« Quel genre de lettre ? »

« Dites-lui que je suis homosexuel. »

« Oh, mon Dieu ! » s'est écriée Harriet.

« Je suis inapte à porter l'uniforme », il a continué, « immoral, une mauvaise influence. En tant que parents au cœur brisé et par devoir patriotique, vous me dénoncez. »

« C'est dégoûtant », a dit Harriet.

« Evidemment que c'est dégoûtant, mais ça me permet de couper à l'armée. »

Harriet s'est brusquement retournée pour le gifler. Un peu étonné, il s'est frotté la joue.

« Maman, tu ne comprends pas. Je nierai cette accusation. »

« Oh, Seigneur. Mon propre fils ! »

Elle s'est levée et a filé à la cuisine.

« Bien joué », j'ai dit. « Tu sais vraiment t'y prendre pour mettre ta mère de bonne humeur. »

« C'était une simple suggestion. Elle n'est pas *obligée* de le faire. »

« Juste une question », j'ai fait. « Es-tu aussi pédé ? »

Il a souri. « Tel père, tel fils. »

Il y a eu un cri dans la cour. C'était Tina.

Nous nous sommes précipités vers la porte, puis éparpillés dans la nuit. Rick Colp était cloué au portail, Stupide l'écrasait de tout son poids en essayant d'enfoncer son glaive, des coups foireux qui glissaient sur le jean de Rick tandis que Tina lui flanquait de grandes claques avec son sac à main.

« Marche-lui sur les pattes ! » j'ai crié.

Denny a foncé à travers tout le monde, puis décoché un formidable coup de pied à Stupide. Il a fait mal au chien qui est retombé à terre en grognant avant de se coucher sur la pelouse, le souffle rauque. Je me suis penché pour le caresser.

« Tu as mal, mon vieux ? »

« Et Rick alors ? » a hurlé Tina. « Lui aussi a peut-être mal ! »

« Tu es blessé, Rick ? »

« Non », il a répondu d'un air dégoûté.

« Il ne te voulait pas de mal », j'ai dit. « C'est cette chaleur. Stupide est un chien des pays froids. »

« Putain, oui », a fait Rick. « La dernière fois qu'il a essayé de me sauter, il faisait froid et il pleuvait. »

Tina est intervenue. « Dépense donc pas ta salive. La seule chose qui lui importe, c'est cet affreux clebs. » Elle a pris le bras de Rick et entraîné son fiancé dans la maison.

« Faut que tu te débarrasses de ce chien avant qu'il tue quelqu'un », a dit Denny.

Je me suis approché de lui près du portail et j'ai serré les revers de sa veste. « Ecoute-moi bien », j'ai dit. « Tu es peut-être mon fils, tu pourrais même être mon père, ou, pourquoi pas ? ma mère, mais qui que tu sois, je t'avertis, ne redonne plus jamais, mais alors jamais, de coup de pied à mon chien ! Est-ce clair ? »

« Tout à fait. »

« Très bien. Mangeons. »

Nous sommes rentrés à la queue leu leu dans la maison pour tomber sur une scène d'amour juvénile en plein milieu de la cuisine : Rick sirotait un scotch pendant que Tina coiffait ses cheveux décolorés par le soleil. On aurait dit deux comploteurs éplorés. Tina m'a fusillé du regard. J'ai remarqué que la bouteille était celle du placard à balais.

Le téléphone a sonné et j'ai répondu. C'était Dominic. Il appelait de la cabine de la grand-route.

« Ça pose un problème si je viens accompagné ? » il m'a demandé.

« Blonde ou brune ? »

« Très brune. »

« Je ne peux pas te répondre à la place de ta mère, mais pour moi ça va. »

Quand j'ai raccroché, j'ai découvert Harriet à côté de moi, qui écoutait.

« Elle est noire ? »

« Très brune », j'ai dit. Alors, résignée, elle a baissé les yeux. Les gamins se sont installés dans le salon avec des verres et un pichet de vin Red Mountain. Harriet a mis un couvert supplémentaire sur la table, puis a vérifié la cuisson de ses plats. Elle s'était donné beaucoup de mal avec les bougies, les fleurs, son argenterie réservée aux grandes occasions et les verres de Florence pour le vin.

L'invitée de Dominic s'appelait Katy Dann. Elle était menue, jolie et formidable dans son pantalon de cuir noir et ses bottes montantes, lisse comme une plume et sombre comme du café noir. Elle possédait un cul spectaculaire et haut placé ; sous son chandail vert, ses seins vous défiaient. J'ai envié Dominic. Lui aussi avait un faible pour les culs. J'ai fièrement présenté Katy à Harriet.

« Salut, M'man », a dit Katy en l'embrassant avec enthousiasme.

« Comment allez-vous ? » a rétorqué poliment Harriet en vacillant un peu.

Katy m'a embrassé aussi, en disant : « Hello, Pop. » Elle aurait pu se dispenser du « Pop ». Personne ne m'avait jamais affublé de ce sobriquet. Aussi fier qu'un imprésario accompagnant sa vedette, Dominic l'a emmenée dans le salon pour la présenter aux autres. Puis il est revenu chercher deux verres dans la cuisine ; quelqu'un a monté le volume de la hi-fi, et les Supremes nous ont cloué le bec.

J'ai débouché le vin, puis retourné la salade maintenant ramollie, tandis qu'Harriet retirait les lasagnes du four et les découpait en parts carrées. Quand elle les a généreusement saupoudrées de fromage italien, j'ai revécu une bouffée nostalgique de mon passé dans la lointaine cuisine de ma jeunesse ; mon père que le vin avait rendu gai retournait lui aussi la salade en cette époque révolue. Un souvenir désagréable, déchirant, un flash-back qui a bien failli me faire pleurer, mon âme s'est étouffée, car je n'avais jamais voulu être père, mais j'étais pourtant ici, quatre fois père, et la Piazza Navona s'éloignait comme une planète désormais inaccessible.

Quand tout a été enfin prêt, Harriet a dit : « Appelle-les pour dîner. »

Je suis entré dans le salon, submergé par le chaos sonore des Supremes. La pièce était déserte, des verres à moitié vides jonchaient le manteau de la cheminée et la table basse. Ils s'étaient évaporés. J'ai entendu des voix dehors. J'ai ouvert la porte.

Tous les six sortaient par le portail.

« A table ! » j'ai crié.

Ils se sont retournés, silencieux.

« On n'a pas faim », a dit Jamie.

« Fait trop chaud pour manger », a ajouté Denny.

« Nous allons à la plage », a expliqué Dominic. « On mangera plus tard. »

« Impossible », j'ai gueulé. « Tout est prêt. »

Ils se sont fondus dans les ténèbres du bas de la rue, vers la barrière de la plage. Jamie a été le dernier à partir, car il voulait que Stupide l'accompagne. Avec un bond de plaisir, le chien l'a rejoint.

Dix

Nous avons allumé les bougies pour le repas funèbre, le cercueil des lasagnes posé entre nous. Manifestant une parfaite sobriété d'émotion, nous n'avons pas pleuré le deuil qui nous accablait. Nous avions besoin l'un de l'autre en cette heure d'épreuve, et sommes restés courageusement cois. Harriet avait quelque chose d'héroïque, une sorte d'élégance tragique quand, à longues goulées, elle a bu le vin frais et n'a pas eu honte de sourire. Elle a rempli son verre, l'a vidé encore, et j'ai pensé qu'elle buvait trop vite, avec une provocation excessive.

Elle m'a regardé et dit : « Tu bois trop vite. »

Les lasagnes étaient trop cuites, la sauce avait durci sur les bords. La salade aussi semblait cuite, et les zucchini réduits en purée. Je picorais dans mon assiette en observant ma femme. Son visage s'était arrondi en forme de lune, car elle avait cinq kilos de trop et suivait un régime. Mais ce soir, elle mangeait sans retenue, à grands coups de fourchette, et je l'entendais mastiquer. Mais ce n'était pas le moment de la critiquer, si bien que je me suis tu.

« Pourquoi fais-tu autant de bruit en mangeant ? » elle m'a demandé.

Brusquement je me suis senti insulté, blessé, et je lui ai lancé un regard froid. Qui était cette femme ? Mon épouse, naturellement, mais que savais-je vraiment d'elle après vingt-cinq ans de mariage ? Quelle part d'elle et quelle part de moi avaient donc hérité nos enfants ingrats ? Tous, sauf Tina, avaient hérité ses yeux, sa charpente, ses dents. Pourquoi ressemblaient-ils autant à leur mère ? Pourquoi n'étaient-ils pas petits et râblés comme leur père ? Pourquoi évoquaient-ils des employés de magasin et pas des tailleurs de pierre ? Où étaient passées l'âpreté paysanne de mon père et l'innocence de ma mère, les yeux bruns et chauds de l'Italie ? Pourquoi ne parlaient-ils pas avec leurs mains au lieu de les laisser pendre comme des choses mortes pendant la conversation ? Où étaient passés la dévotion et l'obéissance typiquement italiennes envers le père, l'amour clanique du foyer et de la famille ?

Tout cela était parti en fumée. Ce n'étaient pas mes enfants. Ils étaient simplement quatre graines égarées dans quelque obscure trompe de Fallope. C'étaient ses enfants à elle, les derniers rejetons d'une souche anglo-germanique arrivée en Californie après avoir vécu dans le New Hampshire et en Allemagne. Tous des protestants. Une sacrée équipe, pour ne pas dire plus. Comme son oncle Sylvester, le juge de paix qui jouait de la cithare dans son tribunal en condamnant à des peines cruellement inhumaines des contrevenants au code de la route qui avaient eu le malheur de se tromper de rue dans quelque trou sordide du comté d'Amador. Et puis il y avait son cousin Rudolph, qui habitait Mill Valley et dont on parlait uniquement à voix basse, car il écrivait régulièrement à Alexander Hamilton afin de l'avertir du complot que tramait Aaron Burr pour l'assassiner.

Rien de tel parmi mes géniteurs. Tous originaires des *campagna* ensoleillées de l'Italie, d'honnêtes paysans respectueux du Seigneur. Ma mère s'appelait Maria Martini, mon père Nicola Molise. Des gens simples, sans complication, qui descendaient sans doute de Jules César.

Mais qui diable étaient les Atherton de Rumney, New Hampshire, ou les Steinhorst de Hambourg, en Allemagne ? J'avais lu leurs noms sur des pierres tombales dans le comté de Placer. Eben, Ezekiel et Reuben Atherton. Hans, Carl et Otto Steinhorst. Des bouchers, des boulangers, des forgerons. Pourquoi m'avait-on si peu parlé de leurs ancêtres ? Etait-ce parce qu'ils ressemblaient comme deux gouttes d'eau à l'oncle Sylvester et au cousin Rudolph ? D'ailleurs, pour être franc, Dominic et Denny étaient-ils moins excentriques ?

J'ai bu mon vin, allumé une cigarette et décidé d'approfondir un peu ce problème.

« Au fait, comment se porte l'oncle Sylvester ? »

Ma question l'a prise au dépourvu.

« L'oncle Sylvester ? »

« Tu sais : le juge fou. »

« Comment veux-tu que je le sache ? Il est probablement mort maintenant, et puis il n'était pas fou. »

« As-tu parlé de lui aux enfants ? »

« Je crois. Pourquoi ? »

« Mieux vaut savoir qu'être ignorant. »

« Où veux-tu en venir ? »

J'ai haussé les épaules. « A rien. Vraiment. Et le cousin Rudolph ? Tu as eu de ses nouvelles dernièrement ? »

Elle a senti le vent venir et s'est levée de table.

« Je vais à la plage », elle a dit en retirant son tablier avant de filer à l'anglaise.

« Attends-moi. »

Je l'ai rejointe au portail où elle m'attendait. Nous avons commencé de descendre la rue, la chaleur du désert lointain sur nos visages. Une lune rougeâtre aux trois quarts pleine éclairait le ciel à l'est.

Onze

Une cinquantaine de personnes étaient éparpillées sur la petite plage en contrebas des hautes falaises crayeuses. Il faisait trois degrés de moins sur la plage. Çà et là il y avait de petits feux et des radios. La mer était grise comme le dos d'un requin, l'écume blanche comme le ventre d'un requin. Nous avons retiré nos chaussures et pataugé dans le sable jusqu'à l'anse où Tina, Rick et Denny étaient assis autour d'un feu de bois flotté. J'ai senti quelque chose de pointu sous mon corps en m'asseyant. C'était l'une des bottes de Katy Dann.

Elle était avec Dominic quelque part dans les vagues, mais la brume des brisants nous empêchait de les voir. Ma première pensée a été pour le chien.

« Il est allé se balader sur la plage avec Jamie », a dit Rick.

Harriet s'est installée à côté de moi. En nous approchant, nous avions entendu leurs paroles et leurs rires, mais maintenant leur silence glacé semblait nous exclure. J'ai remarqué que Rick et Denny fumaient de l'herbe. Harriet aussi s'en est aperçue.

« Faites attention », elle leur a dit. « Le shérif patrouille sans arrêt sur cette plage. »

Ils ont souri comme des vieux sages.

« Tu veux un joint, Papa ? » a proposé Denny.

« Non, merci. »

« Et toi, Maman ? »

C'était ridicule, il aurait mieux fait de se taire.

« Ta mère ne fume pas d'herbe », j'ai dit. « Cesse donc de faire le malin. »

« Ce truc est du tonnerre de Dieu, Papa. T'es sûr que tu veux pas y goûter ? »

« Non, merci. »

« Ça te fera pas de mal, vieux. »

« Ecoute. J'ai fumé de l'herbe avant que tu sois né, à l'époque où une boîte de Prince-Albert pleine de marijuana coûtait quatre cents. »

« Ah, le bon vieux temps ! » il s'est moqué. « Parle-nous de ça. »

« Il n'y a pas grand-chose à raconter. L'herbe

élargit la conscience des cerveaux ratatinés. Tu en as besoin parce que tu es un crétin. »

« Merci beaucoup. »

Il a écrasé sa cigarette dans le sable, enlevé ses chaussures et ses chaussettes, puis est parti vers la mer. Harriet le suivait des yeux avec un regard plein de pitié.

« Tu n'es pas très gentil », elle a dit.

Je me suis levé pour le rejoindre. Il s'est retourné en entendant les éclaboussures que je soulevais dans l'eau peu profonde, puis a continué le long de la plage. Je l'ai rattrapé et j'ai posé mon bras sur ses épaules. Il s'est dégagé violemment.

« Laisse-moi tranquille. »

« Excuse-moi. »

« Ça recommence, tu t'excuses encore. Tu t'excuses toujours après avoir insulté quelqu'un. Tu te débrouilles d'abord pour l'insulter comme du poisson pourri, et puis tu t'excuses. »

« J'essaie d'être honnête. »

« Honnête ! Tu es tortueux comme un serpent, tu ruses et tu magouilles pour que tout le monde file doux. Tu es le pire faux jeton que j'aie jamais rencontré. »

J'allais de nouveau m'excuser, mais me suis retenu à temps. Nous avons encore pataugé sur une cinquantaine de mètres, nos pieds blancs plongés dans la fine dentelle d'écume qui longeait le sable noir, puis nous sommes arrivés à une barque échouée un peu plus haut, couverte d'algues et entourée de débris en tous genres. Denny ne voulait pas de moi, mais je me suis obstiné tandis qu'appuyé contre le vieux bateau, il allumait une cigarette. Je ne savais pas quoi lui dire, il ne savait pas quoi me dire.

« Rentrons », j'ai proposé.

« J'en ai marre de toi, Papa. »

« Oh ? »

« J'aimerais que tu cesses de me traiter de crétin. Depuis mes premiers souvenirs, déjà au jardin d'enfants, tu me traitais de crétin. Pourquoi ne laisses-tu pas tomber ? »

« Okay. »

C'était peut-être l'effet de l'herbe. C'était peut-être un brusque éclat de colère, la nuit brûlante et les curieuses circonstances qui nous avaient réunis là. Peut-être voulait-il me dire ça depuis des années, sans jamais trouver l'occasion ou l'humeur adéquate, mais maintenant il le disait, et ses paroles ressemblaient à une déclaration soigneusement préparée qu'il avait gardée par-devers lui en attendant le moment propice.

« P'pa, t'es un mauvais écrivain. »

Ce ne pouvait pas être mon fils Denny. Ce devait être la marijuana, tout comme ç'avait été le vin avec mon père quand j'avais vingt ans. Il me maltraitait depuis des années, et le soir de Noël, excité par le vin, je l'avais défié. Nous nous étions battus devant la maison de North Sacramento, roulant dans la poussière, échangeant coups de pied, coups de poing et injures jusqu'à ce que les voisins nous séparent.

90

Le soir de Noël était donc revenu.

« Je crois que Maman écrit mieux que toi. J'ai lu tes romans. Ce sont de vieilles scies sentimentales à l'eau de rose, et je ne parle même pas de tes scénarios. »

« Les scénarios ne valent pas grand-chose », j'ai reconnu.

« Pourquoi es-tu devenu écrivain, P'pa ? Bordel, comment as-tu fait pour être publié ? »

« Oh, merde. Je ne suis pas si mauvais ! H.L. Mencken me trouvait plutôt bon. C'est lui qui m'a publié le premier. »

« Tu pues, P'pa, tu pues vraiment. »

« *Le Tyran* n'est pas un mauvais livre. Il a eu d'excellentes critiques. »

« Combien d'exemplaires en as-tu vendus ? »

« Pas beaucoup, mais ça a fait un assez bon film. »

« Tu l'as vu à la télé récemment ? »

J'ai préféré ne pas répondre. « Quoi d'autre ? »

« Encore une chose. Tu es un con. »

« Ça va, le compte est bon. »

Il a jeté sa cigarette et nous sommes retournés vers les autres.

« Ça fait un sacré bien de se sentir respecté par ses enfants », j'ai dit. « Merci pour toutes les bonnes choses que tu m'as dites ce soir. »

« De rien. »

Douze

Nous sommes arrivés près du feu au moment précis où Dominic et Katy Dann revenaient de l'océan en se tenant par la main, nus et ruisselants d'eau. La présence d'Harriet a étonné Dominic, qui a croisé ses mains sur son entrejambe, contourné sa mère pour rejoindre le tas de ses vêtements, puis vivement remis son pantalon.

Katy s'est approchée du feu avec nonchalance, puis a tendu les bras vers la chaleur des flammes. Elle avait un corps incroyable, des muscles souples et fuselés ; des perles d'eau de mer scintillaient sur son petit pubis broussailleux. Harriet essayait de ne pas la regarder, et Katy se moquait de sa timidité.

« Regardez M'man. Mais oui, elle est gênée. Pas vrai, M'man ? »

« Je ne devrais pas l'être ? »

« En tout cas, ton fils Dominic ne l'est pas », a répondu Katy en riant.

Ça a vexé Harriet. Elle s'est levée, a enlevé le sable de sa robe avec une sombre fureur rentrée, puis d'une voix froide et précise elle a dit :

« Je retourne à la maison. »

Alors que je me préparais à la suivre, Stupide a jailli des ténèbres, le poil dégoulinant et plein de sable. Il s'est couché aux pieds de Rick, le souffle court, puis a fixé sur lui un regard plein d'adoration. Ensuite Jamie est arrivé en courant, nerveux et inquiet.

« Qu'y a-t-il ? » je lui ai demandé.

« Crétin de chien. Il vient d'agresser un type. »

« Il l'a mordu ? »

« Non. Il a essayé de le sauter. » Il a regardé derrière lui. « Le voilà. »

Harriet a vu le type.

« Et ça recommence », elle a dit en s'éloignant.

L'homme portait un maillot de bain et une chemise imprimée hawaiienne. La cinquantaine, bien bâti, avec des jambes poilues grosses comme des poteaux. Il enrageait. Il a jeté un coup d'œil furieux à Jamie.

« C'est vot' gamin ? »

J'ai acquiescé.

« C'est vot' chien ? »

« Oui. »

« Vot' nom, monsieur ? »

« Quel est le vôtre ? »

« J' m'appelle John Galt. Qui êtes-vous ? »

« Henry Molise. »

« Z'êtes nouveau dans l' secteur, Molise ? »

« Nous venons de nous installer, il y a vingt ans. Quel est le problème ? »

« Je porte plainte contre vot' chien. »

« Pourquoi donc ? »

« Il a essayé dc me baiser. »

« Oh, allez. Il fait ça à tout le monde. »

« Ah oui, hein ? »

« Il aime jouer, voilà tout. »

« Un molosse de cent kilos tente de me tringler, et vous appelez ça un jeu ? »

« Il pèse seulement soixante kilos. »

« Je me fous de son poids. Je vais le faire enfermer. »

Je l'ai regardé des pieds à la tête — les jambes poilues, les genoux cagneux, la bedaine lourde, les impressions ridicules de la chemise. « Vous a-t-il mordu ? Montrez-moi les marques de crocs. Je ne vois de sang nulle part. Vous avez mal ? Vous a-t-il blessé ? »

« Non... »

« Alors il n'y a pas de problème. »

« Et comment que si », a protesté John Galt. « Je suis avocat, je sais de quoi je parle. »

Ça m'a refroidi. Je l'ai encore observé, il était plus massif que je ne pensais. « Monsieur Galt, je suis navré de ce qui s'est passé. Je tiens toujours ce chien enfermé, mais ce soir il s'est échappé et nous l'avons cherché pendant des heures. »

Galt a souri en savourant son pouvoir.

« Feriez mieux de le ramener chez vous et de l'enfermer. » Il a croisé les bras.

« Absolument. » Je me suis tourné vers Jamie. « Ramène-le à la maison, mon garçon. »

Ecœuré par mon attitude, Jamie est allé chercher le chien. J'ai tendu la main à Galt. « Désolé pour cet incident, monsieur Galt. »

Il a refusé de serrer ma main tendue, qui est restée figée entre lui et moi comme un oiseau mort. Puis Jamie et moi avons saisi le collier de Stupide, et nous sommes engagés sur le sentier qui menait à la rue. Me retournant, j'ai vu Galt qui nous observait, les bras toujours croisés. On aurait dit un bouledogue qui avait gagné tous ses combats et chassé les autres chiens.

« Dégonflé », a dit Jamie.

« C'est mon nom, Henry Dégonflé Molise. »

Treize

De retour à la maison, j'ai découvert Harriet dans l'obscurité de notre chambre, furieuse et malheureuse. Je me suis assis sur le lit.

« Salope de Noire », elle a dit.

« Oublie tout ça. »

« Pourquoi ? Que lui ai-je donc fait ? »

« Elle te faisait marcher. C'est un de leurs jeux préférés. »

« Et Dominic n'est même pas intervenu. Il n'a pas dit un mot. J'en ai marre de lui, marre de tous mes enfants. » Elle s'est retournée de l'autre côté. « Mes pauvres lasagnes ! J'ai mis toute la journée à les préparer. »

« Laisse tomber. Prends un cachet. »

« Donne-les au chien. Je ne préparerai plus jamais un repas. Que Dieu me vienne en aide. »

Je l'ai laissée scruter désespérément les ténèbres, puis suis allé dans la salle à manger. L'énorme plat de lasagnes ressemblait à un gâteau effondré, triste souvenir d'une soirée gâchée. Je l'ai porté dans la cour derrière la maison et j'ai appelé Stupide. Il s'est couché en posant ses pattes de part et d'autre du plat

95

pour liquider les lasagnes à grosses bouchées.

Il était onze heures, encore trop tôt pour se coucher, surtout vu la température. J'ai rejoint ma pièce de travail et allumé une lampe sur le bureau. J'avais maintenant soixante-dix pages, vingt mille mots environ sur des feuilles jaunes soigneusement empilées devant moi. Pas une fois je ne m'étais relu ; je me fiais à mon instinct. Alors j'ai décidé de tout reprendre depuis le début.

J'ai reçu un choc terrible. Je l'ai senti dans mes tripes et mes reins, la panique à l'état pur, qui remontait le long de mon échine et faisait se dresser les cheveux sur ma tête. Ce n'était pas du tout un roman. C'était conçu comme un roman, mais cette saleté était en réalité un scénario détaillé, le squelette plat, stérile, unidimensionnel, d'un film. Il y avait des fondus et des angles de caméra, même quelques fondus au noir. Un chapitre commençait ainsi : « Plan large — Immeuble d'habitation — Jour. »

Vingt-cinq ans plus tôt, j'aurais saisi à deux mains cette pile de feuilles jaunes, et l'aurais courageusement déchirée. Là je n'avait plus assez de cran ni, plus prosaïquement, assez de force dans les mains.

Ainsi, comme pour tous les hommes, la mort minait Henry J. Molise. L'échec était complet. Molise n'écrirait plus jamais. Molise, applaudi par la critique pour les quatre romans de sa jeunesse, aujourd'hui plus mort que vif à Point Dume.

Réputé cinglé, souffrant d'ulcères, n'assiste

plus aux réunions de l'Association des écrivains, fréquente régulièrement le magasin de spiritueux et le bureau de chômage. Marche sur la plage avec un gros chien stupide et dangereux. Rabat-joie dans toutes les soirées, évoque sans cesse le bon vieux temps. Picole tous les soirs en regardant les débats télévisés. Brouillé avec son agent, et actuellement non représenté. Parle obsessionnellement de Rome. Erre sans but dans son jardin, frappe des balles avec un fer numéro neuf. Méprisé par ses quatre enfants. L'aîné rejette la race blanche et va épouser une négresse. Le cadet profite de son sursis pour se lancer dans une vague carrière d'acteur. Le troisième est trop jeune pour participer à la désintégration de la famille. La fille est amoureuse d'un clochard des plages. L'épouse loyale s'occupe des affaires personnelles de son mari, prépare des repas sains qui consistent en œufs à la coque et crème au caramel, aide souvent Molise à rejoindre les toilettes.

J'ai allumé une pipe, puis suis sorti dans le patio et me suis effondré dans un fauteuil. En surface, la nuit brûlante était très paisible, mais derrière ce calme apparent on distinguait l'énorme rugissement des vagues, les stridulations des criquets, le piaillement des oiseaux inquiets, les cris des écureuils, le hurlement d'avions à réaction scintillants, le frémissement des pins ; l'air bruissait d'une étrange prémonition d'incendie.

Une fois encore, la question la plus fondamentale et insoluble de mon existence a commencé de me hanter. Bon Dieu, que faisais-je sur cette petite planète ? Cinquante-cinq ans pour en arriver là ? C'était absurde. Combien de temps durait le voyage pour Rome ? Douze heures ? Naples n'était pas mal non plus. Positano. Ischia. Touchais-je à la fin de ma vie, dans une maison de Point Dume en forme de Y ? Je ne parvenais pas à y croire. Dieu me faisait sans doute une farce.

Hors des ténèbres, sur des pattes silencieuses, Stupide est arrivé près de moi. Il a d'abord observé mon corps, puis ma jambe pendante en pesant le pour et le contre. Il a opté pour la jambe, qu'il a essayé de chevaucher, mais je l'ai ramenée vers moi. Déçu, il a posé son menton sur ma cuisse et j'ai frotté l'arrière de ses oreilles. J'avais besoin d'aide. Oh Dieu, si ce chien avait pu parler ! Si j'avais pu discuter avec mon beau Rocco, comme ma vie aurait été différente !

Rocco, j'ai besoin de tes conseils.

Quel est le problème, patron ?

Je ne suis pas heureux. Je veux modifier toute ma vie. Repartir de zéro. Quitter le pays.

Vas-y, vieux. Ecoute la voix de ton cœur. Va où il te dit d'aller.

Et ma femme et mes enfants ?

Quitte-les. Prends la route. C'est ta dernière chance. Il n'y en aura pas d'autre.

J'aimerais pouvoir t'emmener avec moi, mon garçon.

Toi aussi, tu vas me manquer.

Je t'enverrai quelque chose. Des taralla. Un gâteau italien, très doux.

98

Soyez libre, patron. Rien d'autre ne compte.

J'ai entendu des voix de l'autre côté de la maison quand les gosses sont revenus de la plage. Stupide est parti en courant à leur rencontre. Quelques instants plus tard, il y a eu un cri, le seul de cette espèce que je connaisse — le cri de Tina. J'ai traversé la maison au pas de course jusqu'à la porte de devant en devinant d'avance le spectacle qui m'attendait.

N'importe qui aurait pensé qu'un vétéran du corps des marines qui avait écumé les jungles du Vietnam, été décoré pour acte de bravoure à Pleiku et Binh Dinh, blessé à Qui Nhon, saurait évidemment repousser les assauts affectueux d'un chien joueur. Eh bien non, pas le sergent Colp. Il était de nouveau cloué au portail, et Stupide collé contre lui.

Comme la dernière fois, Denny était là, et encore une fois il m'a rendu furieux en donnant des coups de pied dans l'estomac de Stupide, pas une fois mais trois. Je l'ai injurié en courant aider mon chien. Mais ce n'était pas nécessaire. L'animal s'est retourné sous le coup de la douleur et ses crocs se sont plantés dans la jambe de Denny. Il a hurlé, puis est tombé sur un genou, tandis que le chien plein de remords s'enfuyait dans l'obscurité. Denny a relevé la jambe de son pantalon, et nous nous sommes réunis autour de lui pour examiner les deux rangées de trous dans son mollet et son tibia.

« Rien de grave », j'ai dit. « Ça fait mal ? »

« Va te faire foutre, d'accord ? »

99

Il s'est levé, puis est rentré à la maison en boitant, aidé de Rick et de Dominic. Tous l'ont suivi, sauf Jamie qui est resté à côté de moi pendant que je roulais Stupide sur le dos afin d'examiner son ventre. Il n'y avait pas trace de blessure.

« Tu as vu ce qui s'est passé », j'ai dit. « Un cas typique de légitime défense. Le chien n'avait pas le choix. »

« Je ne sais pas. Il a essayé de se farcir deux personnes ce soir. »

Une autre chose me troublait.

« Pourquoi Rick Colp est-il paralysé par ce chien ? De quoi a-t-il peur ? »

« De quoi a-t-il peur ? Il a peur de sortir de ses gonds et de tuer Stupide. Il me l'a dit. »

Nous sommes allés dans la cuisine. En robe de chambre, Harriet tenait le pied de Denny contre elle et s'occupait des traces de morsure, qu'elle lavait à l'eau savonneuse. Je l'ai regardée appliquer de la Néosporine et des pansements.

« Tu ne risques pas la rage », j'ai dit. « Le chien a été vacciné. »

Denny a eu un sourire torve. « C'est la meilleure nouvelle que j'aie entendue depuis des semaines. Maintenant il peut bouffer tous les habitants de Point Dume. »

« Il y a une solution », a dit Tina.

Je l'ai attendue.

« Fais-le castrer. »

Ça m'a choqué. « Pour qu'il se traîne comme un légume ? Je préférerais le savoir à six pieds sous terre. »

« Tout à fait d'accord », a dit Colp.

« Ce qui veut dire ? »

« La seule chose un peu humaine à faire à ce pédé de chien, c'est de mettre un terme à ses souffrances. »

« Il n'y a pas de preuve qu'il soit pédé. Simplement, il n'a pas trouvé la femelle adéquate. »

Ils se sont bruyamment moqués de moi, puis un bloc de silence glacial est tombé sur la cuisine. Tous me regardaient.

« Je veux te parler, Papa », a dit Tina.

Elle est sortie de la cuisine et je l'ai suivie dans le patio. Elle tremblait, la détermination brillait dans ses yeux, elle brûlait de s'exprimer.

« J'ai pris une décision. Soit le chien part, soit je m'en vais. »

« Où ? »

« M'en fous. J'ai été terriblement patiente, comme Rick d'ailleurs. Débarrasse-toi de ton chien, sinon je m'en vais. »

Elle avait l'intensité d'un oiseau, cette jeune femme absolument viscérale sujette à des explosions et des cris imprévisibles, adepte de longue date du bris de vaisselle. Par-dessus le marché, elle arrivait toujours à ses fins. Ses menaces étaient absurdes. Si je me débarrassais de Stupide et qu'elle avait malgré tout envie de partir, elle partirait. Et si moi je devais choisir entre mon chien et ma fille, je ne pourrais que choisir mon chien, mais non sans regrets. Elle ne me laissait pas vraiment le choix. Elle désirait seulement que le chien sorte de sa vie.

« A toi de décider », j'ai dit. « Je ne me séparerai pas de mon chien. »

Elle a pivoté sèchement sur les talons pour rentrer dans la maison.

Quatorze

Le lendemain matin, Denny s'est fait faire une piqûre de pénicilline, puis il est revenu de chez le médecin sur des béquilles. Un changement s'était produit en lui : il arborait maintenant un sourire placide, une tolérance peu commune chez un jeune en guerre avec le monde.

J'ai regardé tristement les béquilles.

« Ne fais donc pas cette tête », il m'a dit en souriant. « Tout va bien. »

Le médecin avait suggéré à Denny de ne pas se servir de sa jambe blessée pendant trois ou quatre jours, mais Denny a insisté pour aller travailler.

« Pas de problème. De toute façon, je ne sors jamais de mon taxi. »

Bien qu'étrange, cette gaieté était un soulagement. Harriet trouvait son fils très courageux. Comme nous marchions vers le garage, il s'est arrêté sur ses béquilles pour accueillir Stupide et frotter ses oreilles.

« Bon chien », il a dit.

Il a jeté les béquilles sur la banquette arrière de sa Buick déglinguée et refusé mon aide pour s'installer au volant. Il a embrassé Harriet, m'a

102

dit au revoir, et le tas de ferraille a descendu l'allée.

« Quel gentil garçon », j'ai dit. « Je m'étais complètement trompé sur son compte. »

Trois jours plus tard, il est sorti de sa chambre en uniforme de l'armée pour ses exercices bimensuels de préparation militaire à Fort Mac-Arthur. Il marchait toujours avec des béquilles.

« Reste ici », je lui ai dit. « Personne n'a besoin d'un soldat infirme. Tu ne peux pas défiler comme ça. Tu es inapte à tout service. Reste à la maison et demande un mot d'excuse au médecin. »

« Le devoir m'appelle. »

Il balançait sa jambe droite à une quinzaine de centimètres du sol.

« Tu as mal ? »

« Qu'est-ce qu'une petite douleur ? »

Ça sonnait faux, mais je n'ai rien dit.

Deux semaines plus tard, il se baladait toujours sur ses béquilles, en paix avec les hommes et les animaux, souriant comme saint François, une lueur de spiritualité nimbant son visage serein tandis qu'il contemplait l'horizon lointain de l'océan.

« Comment va ta jambe ? »

« Guérie. »

Il a relevé son pantalon pour me montrer les cicatrices.

« Pourquoi ces béquilles ? »

« J'ai toujours mal quand je m'appuie dessus. »

« Que dit le médecin ? »

103

« Un cas bizarre. Il m'envoie consulter chez un neurologue. »

Vraiment bizarre.

Le neurologue a jugé le cas déconcertant et prescrit d'autres examens.

« Ça ne sera certainement pas permanent », a dit Harriet.

« On sait jamais, M'man. Faut accepter les petits malheurs de la vie. »

Nous prenions le café dans la cuisine, les béquilles étaient posées contre le mur à côté de lui.

« Bah », j'ai fait. « C'est une façon comme une autre de rouler l'armée. »

Nos regards se sont croisés.

« Je ne désire pas rouler l'armée. Tout ça a changé. J'aime l'armée. C'est formidable d'être soldat. »

Tout cela dit simplement, sans la moindre culpabilité, avec conviction : la sophistique d'un acteur doué.

« Très bien. Bravo ! » a dit sa mère.

« J'ai l'intention de m'engager pour six ans. L'armée offre une myriade de possibilités, dont je veux profiter. »

« Et ta carrière d'acteur ? » je lui ai demandé.

« J'ai renoncé à cette foutaise. Je prends de la bouteille, je réfléchis. Je veux avoir une vie utile. »

« L'armée n'a que faire des infirmes. Si tu continues à te servir de ces béquilles, ils vont te réformer. »

« J'y arriverai. Donne-moi un peu de temps. »

J'ai encore croisé son regard. Dieu, quel menteur.

Quinze

Trois semaines plus tard, Rick Colp et Tina
se sont jetés à l'eau. Cela ne m'a guère étonné.
Depuis quelques jours le bus de Colp restait
garé dans l'allée pendant qu'ils se préparaient
au grand départ. Tina a acheté quelques mètres
de tissu pour installer des rideaux à fleurs et
des housses de banquette assorties ; elle cou-
sait pendant que Rick révisait le moteur du
bus. Il y a ensuite installé des haut-parleurs
pour son magnétocassette. Les planches de surf
étaient fixées au toit.

Leur excitation romantique à l'idée du départ
a été légèrement entamée quand ils ont remarqué que leur décision ne soulevait aucune pro-
testation de notre part. C'était d'ailleurs la seule
réaction envisageable, car ils étaient déterminés
et nous n'aurions pu les retenir. Quant au fait
qu'ils couchaient ensemble, ils avaient commencé voici plusieurs mois, alors à quoi bon
râler maintenant ? Nous supposions qu'ils se
marieraient un jour, mais personne n'abordait
ce sujet, d'autant que Rick subissait la pression
de ses parents. La seule intrusion dans leur vie
privée a été une boîte de pilules supplémen-

taires qu'Harriet a glissée dans la valise de Tina.

Nous nous sommes réunis dans l'allée pour les adieux ; Harriet pleurait, mais je n'ai eu aucun mal à garder mon calme et l'œil sec. Dès le début, j'ai toujours été exclu de l'univers de ma fille. Elle manifestait régulièrement une sorte de férocité qui frisait l'instabilité, face à laquelle une seule stratégie semblait efficace — lui laisser les coudées franches en toutes choses. Et maintenant je l'observais dans son levi's blanc et son corsage rouge, les deux nattes de sa coiffure, son beau visage angélique qui semblait nier son tempérament de chat sauvage, et je regrettais tristement que nous fussions des étrangers l'un pour l'autre. Elle ne me haïssait pas. Elle m'aimait, mais me considérait comme un casse-pieds.

« Prends bien soin d'elle », j'ai dit à Rick en lui serrant la main.

« Prenez bien soin de votre chien. »

Allongé sur le ciment, Stupide adressait à Colp un regard velouté, débordant d'adoration. Rick s'est approché de lui, a enfoncé doucement la pointe de son mocassin dans la fourrure de l'animal, en disant : « Au revoir, Stupide. »

Le chien s'est levé, approché de la roue arrière du bus, a levé la patte puis pissé sur l'enjoliveur pour signaler que le véhicule appartenait à son territoire.

J'ai embrassé Tina.

« Quand nous reverrons-nous ? »

« Qui sait ? » elle m'a répondu en soupirant. « Un jour... »

« Où allez-vous ? »
« Vers le nord. »
« Big Sur ? »
« Peut-être. »

Nous ignorions tout des finances de Rick, mais comme Tina avait retiré les six cents dollars de son compte d'épargne, il n'y avait pas à s'inquiéter pour la nourriture et le gîte, du moins dans l'immédiat. Je croyais qu'ils se baladeraient tant qu'il leur resterait de l'argent, puis qu'ils reviendraient à Point Dume.

La mère et la fille ont fondu en larmes lors de l'ultime étreinte. Essuyant ses larmes, Tina m'a dit : « Sois gentil avec elle, Papa. Tu m'entends ? »

« Je ferai de mon mieux. »

« Je ne plaisante pas », elle a dit gravement.

Ils sont montés dans le bus et j'ai jeté un dernier coup d'œil perplexe à l'intérieur de ce cylindre étrangement nu. Malgré les rideaux, la couleur et un tapis neuf, cela sentait l'artificiel à la Mickey Mouse, cela manquait de chaleur et de confort. Je leur donnais deux semaines. Ils ont franchi le portail en agitant la main et nous envoyant des baisers, puis ils sont partis vers la grand-route. Alors j'ai pensé : *quatre moins un égale trois*, mais même cela semblait prématuré.

Néanmoins j'espérais au fond de mon cœur qu'ils étaient partis pour de bon, car je voulais installer mon bureau dans la chambre de Tina. Elle possédait la plus belle vue sur l'océan, grâce à ses deux grandes fenêtres qui donnaient au sud, et c'était la plus belle pièce de toute la maison. Il y avait aussi des étagères encastrées, et un cabinet de toilette particulier avec une baignoire.

Je rêvais. Ils sont revenus une semaine après, s'arrêtant seulement à la maison pour la nuit afin de laver leur linge et le bus. Tina a pillé la cuisine — casseroles, assaisonnements, torchons, une poubelle, un balai et un chiffon à poussière, un réveil, un fer et une planche à repasser.

Trois jours plus tard, ils étaient de retour, cette fois pour laver les cheveux de Tina et utiliser le séchoir. Ils sont repartis avec une cartouche de cigarettes, une bonbonne de vin et une grande bouteille d'huile d'olive. Puis le même scénario s'est répété plusieurs fois. Ils n'allaient jamais plus au sud que San Ysidro, et chaque soir il y avait un coup de téléphone en P.C.V. pour Harriet. Entre le téléphone et les razzias ménagères, Tina me coûtait plus cher que si elle était restée à la maison.

Je le lui ai dit.

« Tu as le cul entre deux chaises. Tu vis ici ou pas ? »

« Bien sûr que non. Je suis simplement de passage. »

« Parfait. Dans ce cas, je m'installe dans ta chambre. »

« Je te l'interdis formellement ! »

Elle a rejoint le bus avec une brassée de couvertures. J'ai découvert ensuite qu'elle avait fermé à clef la porte de sa chambre ; la clef était introuvable.

J'avais tort de croire que nous ne la perdrions jamais. Le dix mars, jour de son anniversaire, elle a téléphoné de Santa Cruz pour nous annoncer que Rick et elle venaient de se marier l'après-midi même et qu'ils étaient en route vers le Canada. Mon erreur de calcul m'a stupéfait et j'ai remâché tous les péchés que j'avais commis envers elle. Comme dit la chanson, c'est tellement chouette d'avoir une fille à la maison, mais maintenant elle était bel et bien partie. Elle avait occupé une place très importante dans le tissu de nos vies, elle était le fil brillant qui donnait de la couleur au dessin, adorée et respectée par ses frères, couvée et gâtée par sa mère, un beau mystère pour son père.

Au téléphone elle a dit en riant que je pouvais désormais m'installer dans sa chambre et que la clef était cachée sous le tapis du couloir devant sa porte. Quelques minutes plus tard je me suis glissé dans sa chambre, allongé sur son oreiller pour respirer le parfum de ses cheveux en regardant les poupées alignées en haut des murs, qui me dévisageaient avec leurs yeux de verre. J'ai pensé, oh merde, et je me suis mis à pleurer en me rappelant la fessée mémorable que je lui avais donnée quand elle avait huit ans. Déjà sa chambre était une partie mystérieusement morte de la maison, le domaine de fantômes rêveurs. J'ai touché ses robes, ses ceintures et ses rubans, ses objets sur la coiffeuse, qui tous palpitaient du contact de ses doigts.

Pendant qu'Harriet sanglotait dans le patio, je suis allé dans mon bureau écrire à Tina une lettre que je ne posterais jamais, je le savais, quatre ou cinq pages éplorées d'un gamin qui avait laissé tomber son cornet de glace par mégarde. Mais je lui disais tout, ma culpabilité, mon terrible désir de pardon. Quand je l'ai relue, la force et la sincérité de ma prose m'ont bouleversé, je l'ai trouvée par endroits très belle, j'ai même envisagé d'en tirer un bref roman, mais je n'avais pas mon pareil pour tomber en extase devant ma prose ; je n'ai pas eu trop de mal à déchirer ce que j'avais écrit et à le mettre à la poubelle.

Je ne me suis pas installé dans la chambre de Tina.

Le matin qui a suivi leur mariage, j'ai trouvé Harriet buvant du café noir, les yeux rougis par les larmes, le regard mauvais.

« Eh bien », elle a fait, « j'espère que tu es content. »

« Que veux-tu dire ? »

« Tu gagnes un chien, moi je perds une fille. »

« Elle ne convole pas avec un chien. Elle convole avec Rick Colp. »

« C'est le chien qui les a chassés. »

Il y avait une seule façon d'éviter une scène. J'ai jeté mes clubs de golf dans la voiture et suis parti pour Rancho où j'ai fait quelques trous avec trois poivrots. Et comme un

malheur n'arrive jamais seul, ils m'ont plumé
à six dollars le point.

<h3 style="text-align:center">Seize</h3>

Une semaine plus tard nous avons connu une
autre angoisse téléphonique. La sonnerie a
retenti à quatre heures du matin et nous avons
tous deux répondu ensemble, Harriet dans la
chambre et moi dans mon bureau. C'était Katy
Dann, plus pétillante que jamais.

« Salut, M'man. Salut, P'pa. »

« Pourquoi nous appelez-vous à cette heure ? »
a demandé Harriet.

« Dominic est blessé. »

« Que s'est-il passé ? »

« Il s'est battu. »

« Avec qui ? »

« Vous lui demanderez. »

« Des Noirs ? » a demandé Harriet.

« T'occupe », je suis intervenu. « Comment
va-t-il ? »

« Maintenant, ça va mieux. »

« Où est-il ? »

Elle a donné l'adresse d'un immeuble de Pier
Avenue à Venice. Je lui ai dit que nous y serions
dans une demi-heure. Harriet a été prête avant
moi : un manteau sur sa chemise de nuit, un
foulard sur ses cheveux. Nous avons couru au
garage et j'ai fait hurler la boîte de vitesses.

Sur la route de la côte déserte, j'ai poussé la Porsche à plus de cent soixante, et nous avons atteint Santa Monica avant que je ne ralentisse à cent à l'heure. Harriet a enfin brisé le silence.

« Des nègres », elle a grommelé.

Je l'ai regardée. Elle était Méduse, le foulard claquait derrière sa tête, le vent faisait exploser ses cheveux en tous sens. Son visage crayeux, non maquillé, avait la rigidité cadavérique d'une pierre tombale ; ses yeux aux paupières immobiles brillaient de rage et d'inquiétude. Terrifiant. L'inconnu. Une inconnue.

Oh ! ces années, ces années ! Je me suis retrouvé un quart de siècle plus tôt, à une séance de signatures à San Francisco pour fêter la sortie de mon premier roman, une mince blonde sensuelle, vêtue de tweed, des yeux bleus, une bouche ronde, qui me parlait en haut de l'hôtel Mark Hopkins, ses lèvres humectées de vin rencontrant les miennes, son sourire s'immisçant dans mes os quand j'ai pris sa main pour l'emmener vers l'ascenseur puis dans la rue par un froid après-midi venteux. Nous nous sommes promenés sur Nob Hill jusqu'au coucher du soleil, jusqu'à ce que j'aie la voix enrouée à force de parler.

Qu'elle était belle ! Quelle justesse dans la douce prophétie de son regard, où j'ai distingué les montagnes et les vallées de ma vie entière, où j'ai même compté quatre enfants et de grands romans sur une étagère. Que serions-nous devenus si nous n'avions pas quitté cette fête ? Où serions-nous aujourd'hui ? Certaine-

112

ment pas sur la route de la côte à quatre heures et demie du matin pour voler au secours d'un fils conçu lors de ce mystérieux après-midi à Nob Hill voilà si longtemps.

Nous avons trouvé l'immeuble sur la colline au-dessus de la plage de Venice, une construction flambant neuve entourée de grands palmiers plantés régulièrement. Cet immeuble luxueux contrastait avec les maisons ternes du quartier. Je me suis garé dans le parking ; quand nous sommes descendus de voiture, Harriet a pris un tournevis sur la banquette arrière.

« Ça va te servir à quoi ? »

« Mêle-toi de tes oignons ! »

Je le lui ai arraché des mains avant de le lancer dans la voiture. Puis nous sommes entrés.

C'était le deuxième appartement au rez-de-chaussée. J'ai sonné et Katy a aussitôt ouvert la porte. Elle portait une combinaison moulante en faux léopard avec une queue en bas du dos.

« Salut, P'pa », elle a dit en souriant, puis elle m'a embrassé sur la joue. Avec un balancement de sa queue de léopard, elle a ouvert les les bras pour embrasser Harriet.

« M'man ! »

« Je vous interdis de m'embrasser ! » a dit Harriet en la bousculant pour passer. « Où est mon fils ? »

Le salon ressemblait à un champ de bataille, il y avait deux lampes cassées par terre, des chaises renversées, une table basse brisée, de la nourriture et de la vaisselle répandues sur le tapis, des éclaboussures de sang çà et là.

Katy a marché vers une porte.

« Ici. »

Dominic était allongé sur un lit défait, la tête appuyée au mur, une serviette pleine de sang contre le nez, des zébrures écarlates sur sa chemise et son pantalon. Ses deux yeux étaient violacés, l'un quasiment fermé. Sous sa chemise en lambeaux, j'ai aperçu des marques rouges le long de ses côtes. Il ne parlait pas, mais le reproche couvait dans son regard et il tremblait comme s'il avait la fièvre. Harriet s'est précipitée vers lui, mais il s'est réfugié contre la tête du lit et lui a interdit de le toucher.

« Okay, okay », marmonnait-il sous sa serviette en battant en retraite.

Quand il a retiré sa serviette, nous avons vu ses lèvres blessées, tuméfiées. Son nez ne saignait plus, le sang noir s'était coagulé dans ses narines. Harriet s'est ruée dans la salle de bains, a fouillé partout, ouvert des tiroirs en disant : « Il n'y a donc pas de serviettes dans cette porcherie ? » Elle est revenue avec un paquet de papier-toilette mouillé, s'est assise au bord du lit, puis a nettoyé les taches de sang sur le menton de Dominic et autour de son nez.

« Qui a fait ça ? » elle a dit. « Qui était-ce ? »

« Je veux pas en parler », il a répondu en tournant les yeux vers Katy, qui s'appuyait avec désinvolture contre la porte. Harriet lui a lancé un regard assassin.

« Qui était-ce ? »

Katy ne s'est pas montrée plus coopérative.

« Avez-vous appelé la police ? » a dit Harriet. Elle a regardé Katy. « Je vous parle. Avez-vous appelé la police ? »

« Laisse tomber, Maman », a dit Dominic.

« Certainement pas ! » s'est écriée Harriet. « C'étaient des Panthères, pas vrai ? Ils t'ont attaqué parce que tu tournais autour d'une de leurs femmes. »

« Oh, bon Dieu, Maman ! » a fait Dominic.

Katy Dann a hurlé de rire ; pliée en deux, elle est partie en vacillant dans le salon ; sa queue de léopard a fouetté l'air quand elle s'est écroulée sur le divan, secouée par le fou rire.

« Des Panthères. Oh, M'man ! T'es extra. Des Panthères ! C'est trop ! »

Ces dénégations sont passées à cent pieds au-dessus de la tête d'Harriet qui s'absorbait dans sa tâche préférée — s'occuper de son garçon. Elle l'a aidé à enfiler son manteau par-dessus la chemise déchirée, puis nous l'avons tous deux soutenu pendant qu'il se levait. Il se tenait debout avec une raideur très digne, puis il a mis un pied devant l'autre et nous lui avons emboîté le pas jusqu'au salon.

Harriet a ouvert la porte de l'appartement.

« Quittons cet horrible endroit », elle a dit.

Troublé, hésitant, Dominic s'était figé ; ses yeux ont rencontré ceux de Katy.

« Au revoir », elle lui a dit en souriant.

Il est sorti dans le couloir sans répondre ni se retourner. J'ai été le dernier à partir.

« A la prochaine, P'pa », a dit Katy.

« A la prochaine, Katy. »
J'ai fermé la porte.

∴

Nous sommes arrivés à la maison alors que
le soleil se levait, œil rouge suffoquant dans le
smog. Nous n'avions pas dit un mot pendant
le trajet en voiture, conscients du bouleverse-
ment de Dominic, du tremblement de terre
subi par son esprit, une souffrance trop profonde pour qu'on pût la nommer. Pendant un
moment, Harriet a tenu sa main, mais elle
devait être très froide et réticente, car elle a
fini par la lâcher, et nous nous sommes sentis
davantage imbéciles que sauveteurs. Nous l'ar-
rachions à Katy, mais il n'était pas avec nous.
Il était à Venice avec elle.

J'ai préparé du café pendant qu'Harriet faisait couler un bain chaud, lavait ses plaies et
les enduisait de crème. Il était presque rede-
venu lui-même quand il est entré dans la
cuisine en peignoir blanc de velours frisé. Il a
regardé son reflet dans le miroir à côté des
étagères et grimacé de dégoût en découvrant
son visage tuméfié et ses yeux au beurre noir.
Il traversait une sale passe. Je lui ai servi un
café, mais il l'a refusé, puis il est parti se
coucher.

Apparemment soulagée, Harriet s'est assise.
« Je suis contente que ce soit arrivé », elle a
dit. « Je crois qu'ils ont tous les deux reçu une
bonne leçon. »

« Quelle leçon ? » je lui ai demandé. « Je ne

vois pas de quelle leçon tu veux parler. Bon Dieu, je ne sais même pas ce qui s'est passé. »

« Ils n'apprécient pas plus que les Blancs leur piquent leurs femmes que nous n'aimons qu'ils nous piquent les nôtres. »

« Bêtises. Le monde est plein de couples mixtes. On en voit partout, même à l'église. On ne les regarde plus avec des yeux ronds. »

« Il la déteste ! » a dit Harriet, ravie. « Oh, comme il la déteste ! »

« J'en doute. »

« Comment peux-tu en douter ? Tu n'as pas remarqué la façon dont il l'a regardée ? Il la méprise. »

« J'en doute. Dominic a un faible pour le cul des dames, et Katy Dann a un cul qu'on ne peut pas détester longtemps. »

« On ne voit que ça chez elle, tellement il est gros. »

« C'est exactement ce que je veux dire. »

« C'est fou comme tu peux te tromper ! Comme tu connais mal ton propre fils ! Il n'est pas du tout comme ça. »

Et puis elle avait des projets, les projets romantiques d'une mère pour son fils. Elle s'appelait Linda Erickson, la blonde déesse de Broad Beach Road, tout droit débarquée de l'Arizona, encore enveloppée dans la cellophane de sa virginité, libre comme l'air, la fille d'une des amies d'Harriet.

« C'est de la folie », je l'ai prévenue. « Ne mets rien en branle. »

« Il va adorer Linda. »

« Il n'adore pas les Blanches. »

117

« Parce qu'il n'a pas encore trouvé chaussure à son pied. Linda est une dame. »

« Une dame est la dernière chose qu'il désire. »

« Tu verras. »

Elle a posé le téléphone sur ses cuisses ; pendant qu'elle composait le numéro, je suis sorti pour m'asseoir sur la pelouse à côté de mon chien. J'ai frotté son ventre (il avait pris cinq kilos depuis son arrivée parmi nous) et lui ai dit que nous étions dans un sacré pétrin, y compris lui.

Dix-Sept

Ce soir-là nous nous sommes retrouvés pour dîner, Denny, Jamie, Harriet et moi. Comme Dominic n'arrivait pas, Denny est allé le chercher en clopinant dans le couloir, sa sixième semaine avec ses béquilles. A son retour, il a annoncé que Dominic désirait me voir dans sa chambre.

« J'y vais avec toi », a dit Harriet.

Mais Denny a aussitôt ajouté : « Pas toi, Maman. Juste Papa. »

Harriet s'est figée, muette et blessée.

Totalement avachi, Dominic était allongé sur son lit, les pieds posés contre le mur. J'ai fermé la porte. Sa chambre empestait l'herbe, qu'il fumait dans une grosse pipe à tige courbe.

118

Il arborait le sourire béat et ridicule des types complètement défoncés.

« Assieds-toi, Papa », il m'a dit en faisant pivoter ses jambes vers le sol. L'un de ses yeux était pourpre, l'autre rouge ; la paupière pourpre était si enflée qu'on ne voyait plus l'œil. Totalement ridicule de lui demander comment il se sentait. Malgré ses blessures il était dans les nuages, avec un sourire grotesque, bouffi et plutôt stupide. Je me suis laissé tomber sur une chaise.

« Que veux-tu me dire ? »

Il a sorti un sachet de marijuana de la poche de son pyjama et me l'a lancé. « Sers-toi. »

« Je n'en veux pas », je lui ai répondu en posant le paquet sur son bureau.

Il a ri. « Vieille crapule. » Il s'est penché pour me taper sur la cuisse. « Je t'aime bien, P'pa. Je t'aime beaucoup. Comment vont les scénarios ? »

Quand sa pipe s'est éteinte, il l'a rallumée ; des nuages de fumée ont tourbillonné au-dessus de l'herbe brûlante, et il a aspiré dans ses poumons de quoi assommer n'importe qui. Ça l'a presque mis hors d'état de nuire ; il se balançait d'avant en arrière, son unique œil ouvert scintillait comme une bille de verre, son sourire aussi large qu'imbécile, la pipe pendant entre ses lèvres tuméfiées.

« Tu veux me parler de la bagarre ? » je lui ai demandé.

« Quelle bagarre ? »

« Qui sont les gens qui t'ont cassé la figure ? »

« Tu ne me croirais pas si je te le disais. »

« Mais si. »

« C'est Katy. »

« Katy t'a mis dans cet état ? Cette petite chose ? »

« La petite Katy. » Il semblait ravi.

Je l'ai dévisagé avec dégoût.

« Et tu l'as laissée faire ! » Je me suis levé brusquement en passant mes doigts dans mes cheveux. « Mon propre fils se fait rosser par une fille de cinquante kilos, et en plus ça le fait rigoler ! Bon Dieu, j'ignorais que tu étais tombé aussi bas. Quel genre de monstre es-tu ? »

Soudain il s'est mis à sangloter.

« Assieds-toi, P'pa. »

Je me suis assis et l'ai regardé ramasser les morceaux de son esprit tandis que les larmes dégoulinaient jusqu'à son menton.

« Pauvre vieux Papa aveugle », il a soupiré. « Tu te rappelles quand tu m'as inscrit à des cours de judo ? »

« Tu n'as pas été fichu d'apprendre une seule prise. »

« Tu voulais que je rosse tous les gamins de Point Dume, pas vrai, P'pa ? »

« C'était une erreur. Tu n'as pas remporté un seul combat de ta vie, y compris le dernier en date. Contre une fille. »

Il pleurait. Son œil fermé versait plus de larmes que l'autre.

« Je ne peux pas me battre », il a dit en s'étouffant. « J'ai jamais pu, je n'aime pas frapper les gens. »

La pipe est tombée de sa bouche, je l'ai ramassée par terre et il a tiré vainement dessus ;

120

elle était éteinte, trempée par ses larmes. Il pleurait toujours en tirant dessus. C'était absurde, pitoyable. J'ai gratté une allumette, que j'ai tenue au-dessus du fourneau tandis qu'il vascillait en pleurant et que la flamme de mon allumette suivait les oscillations de la pipe.

Doucement, raisonnablement, je lui ai dit : « Je crois que de temps à autre dans sa vie un homme doit rendre coup pour coup, même s'il n'aime pas ça, même à une fille. Tu n'es pas d'accord, Dominic ? »

« C'est pas une fille. C'est une femme. »

Je l'ai regardé fixement jusqu'à ce que la flamme de l'allumette me brûle les doigts.

« Depuis quand ? »

« Depuis le commencement des temps. Depuis l'apparition de la vie dans le sein maternel de l'océan. Depuis l'explosion de la première galaxie... »

« Oh, merde ! Depuis quand êtes-vous mariés ? »

« Depuis décembre. »

J'ai poussé un gémissement.

Sa tête est tombée vers ses genoux ; des sanglots secouaient ses épaules. J'ai senti sa douleur, non parce qu'il avait épousé une fille noire, mais sa douleur à venir, le supplice des mises au point, sa douleur s'il engendrait des enfants, la douleur absurde et futile qu'il aurait pu éviter, la douleur qui avait commencé par moi, son père.

« Malgré tout », j'ai dit en essayant une diversion, « malgré tout, même si elle est ta femme, tu ne peux pas la laisser te dérouiller. Un homme doit contrôler sa femme. »

Il a levé la tête, son unique œil humide et dilaté s'est fixé sur moi.

« Katy est enceinte. »

« Enceinte ? »

Il a opiné du chef et d'autres larmes sont tombées dans son giron.

« Bon Dieu », j'ai fait. « Ce n'est pas grave. Elle est enceinte de combien ? »

« Six semaines. »

« Parfait. L'avortement ne posera aucun problème. »

« C'est ce qu'elle dit. »

« Un bon point pour Katy ! »

« Tu ne comprends pas. Je désire l'enfant. Contrairement à elle. Voilà pourquoi nous nous sommes battus. »

« Pourquoi diable veux-tu cet enfant ? »

« Il m'appartient. Je le veux. »

Trop las pour comprendre, je lui ai adressé un regard navré ; brusquement, j'ai désiré un trou quelque part, un bon trou bien profond derrière le corral près de Rocco m'aurait parfaitement convenu, avec une couverture de terre à tirer sur moi, un trou où me terrer avec toute mon angoisse pour mon fils.

Pourquoi ne pouvait-il simplement la baiser et s'arrêter là ? Pourquoi refusait-il le couteau du médecin, l'élimination pure et simple de ce boulet à son pied ? Quel droit avait-il d'infliger cette souffrance à lui-même et à son enfant, qui serait mon petit-enfant ? Noir ou blanc, c'était déjà assez douloureux de naître, mais noir *et* blanc ? Quel dommage que le bébé ne puisse prendre la décision lui-même.

Il était assis là, incohérent, envapé, désireux de partager ses problèmes avec moi. Un gamin brillant. A quatorze mois il connaissait l'alphabet, à trois ans il savait lire, à quatre il jouait superbement aux échecs, et maintenant il adressait un pied de nez à l'univers, à mon univers.

Il m'a fait peur. Il semblait bizarre, ensorcelé. Bon Dieu, mon fils est peut-être un saint, un rejeton de Margaret de Cortona, le genre de saint fanatique qui adore laver les cadavres, lécher le pus des blessés, ramper à plat ventre sur les dallages moyenâgeux pour embrasser un clou de la vraie croix. J'ai regardé son visage bouleversé, l'œil ouvert ; j'ai eu la trouille. Je sentais le poids énorme de la croix qu'il désirait porter, et elle m'écrasait au sol.

Quand le cyclope a souri, son visage enflé a pris une forme inédite. « Pauvre paternel. Tu as honte, n'est-ce pas, tu as honte de ton aîné. »

« Pas plus que d'habitude », j'ai rétorqué.

« Et s'il était champion sportif ? Tu aurais moins mal, Papa ? Ou Diana Ross, ça apaiserait ta douleur ? »

« Oh, la ferme ! » j'ai dit. « Ce qui m'embête maintenant, c'est : comment allons-nous annoncer cela à ta mère ? »

« Mon père dit tout à ma mère. Cela fait partie du pacte. La sainte alliance, dans l'adversité comme dans la joie, jusqu'à ce que la mort nous sépare. » Il a tendu la main vers la porte. « Va, Papa. Fais ton devoir. »

« Je n'ai pas vraiment le choix. »

« Va. Annonce la bonne nouvelle à ma mère blanche, anglo-saxonne et protestante. Dis-lui que ce jour, à Bethléem, un bébé est né, qu'il n'y a pas de place à l'auberge et que les anges chantent au-dessus de l'étable où le divin enfant repose dans une auge. Dis-lui de ne pas le mettre à la poubelle, car il est peut-être le Sauveur du monde. »

La pipe est tombée de sa bouche et a heurté le sol. Je l'ai ramassée et posée sur un meuble.

« Pourquoi ne rentres-tu pas chez toi pour régler ce problème avec ta femme ? » j'ai dit.

« Ne pense pas trop de mal de moi, Papa. S'il te plaît. »

Il restait immobile avec ses grosses jambes et ses larges épaules, un bourrelet de graisse au ventre, son visage enflé, informe, et brusquement j'ai voulu le prendre dans mes bras et le faire rapetisser, jusqu'à cet après-midi ensoleillé dans Golden Gate Park où il avait fait ses premiers pas pour rejoindre mes bras tendus vers lui.

« Tu veux quelque chose à manger ? »

Il a dit non et je suis parti.

Dix-Huit

Dans la cuisine, Harriet avait disposé le dîner de Dominic sur un plateau, avec du vin et même une rose dans un vase à long col. **Elle** m'a regardé d'un air sombre.

« Que t'a-t-il dit que je ne suis pas censée entendre ? »

« Rien de particulier. »

« De quoi avez-vous parlé ? »

« De choses et d'autres. »

« Je vois », elle a dit froidement.

« Harriet, il est très déprimé. »

« Peut-on lui en tenir grief, après ce qu'il vient d'endurer ? » Elle a pris le plateau. « Lui as-tu parlé de Linda Erickson ? »

« Ne fais surtout pas ça. Le moment est mal choisi. »

« Laisse-moi m'en occuper. »

Elle est partie vers sa chambre. J'ai rejoint Denny et Jamie dans le salon.

« Tu n'aimes pas Linda Erickson ? » m'a demandé Denny.

« Ta mère essaie de goupiller quelque chose. »

« Avec Dominic ? » a dit Jamie en souriant. « C'est la meilleure ! »

Je me suis assis à ma place et servi deux côtelettes d'agneau. « Comment va ta jambe, Denny ? »

« Le diagnostic n'est pas bon. »

« Quel diagnostic ? »

« J'ai un nouveau médecin. »

« Qui est-ce, cette fois ? »

« Abercrombie. Il est orthopédiste. »

« Jamais entendu parler de lui. »

« Il habite Compton. »

« Compton ? Il est nègre ? »

« Et alors ? Il est aussi bon qu'un autre.

125

D'ailleurs, il a réglé mon problème en deux coups de cuillère à pot. »

« Qu'a-t-il dit ? »

Il mangeait un os. « Je serai probablement infirme pour le restant de mes jours », il a répondu d'un ton badin en me regardant par-dessus son os.

« Pff, c'est dur », a dit Jamie.

« En tout cas, on dirait que tu prends ça du bon côté », j'ai fait.

« Je m'en tirerai. »

« J'en suis convaincu », a dit Jamie. « L'essentiel est de tomber sur le bon médecin. »

« Abercrombie est le meilleur. Je te donnerai son adresse, juste au cas où. »

« Merci », a répondu Jamie. « On sait jamais. »

« Tu ne t'en tireras pas de cette façon », j'ai dit. « Tu n'as pas affaire à des gamins, mais à l'Armée des Etats-Unis, et ils connaissent toutes les entourloupes. »

Ses yeux se sont écarquillés. Il était scandalisé.

« Qu'est-ce que l'armée vient faire là-dedans ? »

« Arrête ton cinéma, Denny. Tu me prends pour un crétin, ou quoi ? Je sais parfaitement ce que tu mijotes. »

Il a secoué la tête comme s'il n'en croyait pas ses oreilles.

« Ça, c'est fort de café... mon propre père ! »

Toute cette mascarade me dégoûtait. J'étais las de m'adresser à un infirme qui n'était nullement infirme, mais qui jouissait de la sollicitude et de la sympathie de tous ses proches.

126

L'acteur était de nouveau en scène, avec son étonnante vanité et la foi qu'il prêtait à sa propre irréalité. Il me gâchait mon dîner. Et puis, les problèmes de Dominic me tracassaient davantage.

Avant le dîner, mes deux fils avaient passé une heure avec Dominic dans sa chambre, et je trouvais très significatif qu'ils ne disent pas un mot sur la crise que traversait leur frère. Tel était le code tacite de leurs rapports : ne jamais rien révéler sur les autres frères, surtout devant Harriet ou moi. C'était une ignoble, une insupportable cabale, mais elle était nécessaire et inattaquable, si bien que je ne m'y frottais jamais.

Denny s'est juché sur ses béquilles, puis est sorti de la pièce clopin-clopant, mais Jamie est resté pour fumer une cigarette en buvant son café, pensif et taciturne, rongé par un souci.

« Je crois que tu devrais regarder ça », il m'a dit en sortant de sa poche une feuille de papier pliée, qu'il m'a tendue. C'était une lettre du bureau de conscription de Santa Monica, où on lui demandait de se présenter le premier mai, dans une semaine, pour examiner sa situation.

« Simple formalité », j'ai dit en repliant la lettre avant de la lui rendre. « Avec tes résultats, tu n'as aucune inquiétude à avoir. »

Il s'est frotté la nuque d'un air coupable.

« J'en suis pas aussi sûr que toi. »

« Que veux-tu dire ? »

« J'ai foiré l'histoire et l'anglais. »

« Tu m'as dit que tu avais réussi. »

Il a souri d'un air penaud. « Ah oui ? »

« Tu as donc menti. »

Il a acquiescé.

« Tu es donc un couillon. Tu vas devoir aller te battre. Accepte ta punition avec courage. »

« Tu m'accompagneras au bureau de conscription ? »

« Certainement pas. »

Mais je savais que je le ferais, et lui aussi le savait.

Alors Harriet est sortie de la chambre de Dominic d'un pas nerveux ; j'ai écouté le remue-ménage dans la cuisine, les casseroles entre-choquées, les assiettes malmenées, le bruit cristallin du verre brisé. Quittant la table, j'ai découvert Harriet à genoux, en train de ramasser des morceaux de verre.

« Qu'y a-t-il ? »

« Qu'il aille se faire foutre. Je renonce. »

« Qu'a-t-il dit ? »

« Il a dit des choses horribles à propos de Linda Erickson. Je ne peux même pas répéter ses paroles ; et il ne la connaît même pas. »

J'espérais qu'il avait au moins fait allusion à son mariage et à la grossesse de Katy, mais manifestement j'avais toujours ce problème sur les bras. J'ai alors pensé à une solution, une manière de procéder indolore pour Harriet, et indolore pour moi.

Je l'ai laissée ramasser ses morceaux de verre pour retourner dans la chambre de Dominic. Il rangeait ses affaires dans une valise.

« Laisse-moi un peu d'herbe. »

« Sers-toi », il a répondu.

J'ai pris le sachet plastique et rempli une

enveloppe d'herbe, sans oublier d'ajouter quelques feuilles de papier à rouler.

« C'est mauvais pour les écrivains », il a dit. « Norman Mailer prétend que l'herbe fait des trous dans le cerveau, par lesquels tous les mots fuient. »

« De toute façon, ils fuient. » J'ai regardé sa valise. « On dirait que cette fois tu pars pour de bon. »

« Ma voiture est garée dans le parking de Katy. Denny me ramène en ville. »

« Et ta mère ? »

« Tu avais dit que tu t'en occupais. »

« Tu ne comptes pas lui dire au revoir ? »

« Je préfère partir discrètement, dès que Denny sera prêt. » Le visage du cyclope s'est tordu en un sourire fêlé. « Au revoir, P'pa. Merci pour tout. »

Il m'a vraiment dit ça. Merci pour tout. Merci pour l'avoir engendré sans lui demander la permission. Merci pour l'avoir fait entrer de force dans un monde de guerre, de haine et de fanatisme. Merci pour l'avoir accompagné à la porte d'écoles qui enseignaient la tricherie, le mensonge, les préjugés et les cruautés en tous genres. Merci pour l'avoir assommé d'un Dieu auquel il n'avait jamais cru, de la seule et unique Eglise — que toutes les autres soient damnées. Merci pour lui avoir inculqué la passion des voitures qui provoquerait peut-être un jour sa mort. Merci pour un père qui écrivait des scénarios médiocres, histoires d'amour à l'eau de rose ou bagarres dans lesquelles les bons avaient toujours le dernier mot. Merci pour tout.

« Au revoir, mon garçon. Donne de tes nouvelles. »

Je suis sorti en pensant : *quatre moins deux égale deux*, tout en me disant : pauvre Harriet, que Dieu lui vienne en aide.

Denny et Dominic étaient partis, Jamie s'était couché ; assis dans le salon, nous regardions le film de onze heures à la télévision. Harriet buvait du sherry pendant que je fumais ma pipe et sirotais du thé brûlant. L'herbe se trouvait dans ma poche de chemise. Le problème était le suivant : comment la faire passer dans les poumons de ma femme ? Elle était de ces êtres inflexibles qui ne badinent pas davantage avec l'herbe qu'avec l'opium. Je n'étais pas expert en la matière, même si j'avais déjà fumé de l'herbe une demi-douzaine de fois. J'avais regretté de ne pas en avoir pour m'aider à supporter la nouvelle de la mort de mon père, car ce jour-là je m'étais saoulé à mort et l'alcool avait seulement augmenté ma douleur. Pour dire la vérité, mon père était mort depuis dix ans, mais sa perte me faisait toujours cruellement souffrir. La marijuana m'aurait certainement aidé. Certains la considèrent comme un remède miracle quand le monde s'écroule autour de vous.

Le film m'a fourni un indice. C'était littéralement un film sur les morts. La vedette était Carole Lombard, décédée. Tous les autres acteurs avaient passé l'arme à gauche, John Barrymore, Lionel Barrymore, Eugene Palette, ainsi que tous ceux des rôles secondaires. Même chose pour le metteur en scène, le scénariste et le producteur. Ils se déplaçaient sur l'écran, mais leurs corps pourrissaient dans leurs tombes, pauvres, adorables, merveilleuses créatures, c'était tellement triste que j'ai dit à Harriet combien je trouvais cela déprimant.

Je me suis levé pour verser un peu de scotch dans mon thé ; au moment de la publicité, je me suis relevé pour recommencer. C'est triste, je lui ai dit, c'est bouleversant. Je lui ai dit que la vie aussi était triste, brève et triste, et elle a été d'accord. Je lui ai dit qu'elle me rendait mélancolique, malheureux ; elle a pris ma main, m'a souri et dit : « Là, là. »

J'ai dit : « Si seulement nous pouvions nous échapper de ce piège, partir quelque part, faire quelque chose, oublier un moment tous nos ennuis. »

Elle a dit : « Il n'est que onze heures et demie. Veux-tu que nous allions faire un tour au Cock 'N' Bull ? »

« Je ne veux pas dire ça. J'aimerais trouver la paix, une sorte d'euphorie qui nous permettrait de surmonter cette crise. »

« Pourquoi ne pas te saouler ? »

Je lui ai répondu que je ne désirais pas cela. Je désirais l'échappée absolue, comme les gamins faisaient parfois. Fumer de la marijuana par exemple.

« Pourquoi ne le fais-tu pas ? » elle a dit. « Je suis sûre que tu en trouveras dans les chambres du fond. »

« J'en ai un peu ici », j'ai dit en tapotant ma chemise.

« Eh bien, fume-la si tu en as envie. »

« Seul ? On ne fume pas l'herbe seul. On doit absolument partager ce plaisir avec d'autres. »

« Il n'y a que moi ici. »

« Tu fumerais avec moi ? »

« Je ne crois pas. »

« Je m'y attendais », j'ai ricané.

« Désolée. »

« Je suis surpris par ta réaction. »

« Mais je n'en veux pas ! »

« Toi, la personne la plus tourmentée, la plus malheureuse de toute la maison, toi, qui as accepté tous les sacrifices, juste au moment où ton univers s'écroule... »

« Mon univers ne s'écroule pas ! »

« Toi, qui en as besoin plus que quiconque, il faut que ce soit toi qui refuses. »

« Je n'en ai pas besoin. »

« Tu as peut-être raison. Mieux vaut faire preuve de volonté, serrer les dents et s'accrocher, encaisser la punition. L'acier le mieux trempé sort de la forge la plus chaude. Oublie ce que je t'ai dit. Mais j'espère que tu ne verras pas d'inconvénient à ce que je boive sous tes yeux au point de me rendre malade. C'est à peu près tout ce qui reste à un père aigri, à moins qu'il n'aille dans un saloon pour essayer de lever une pute. »

Elle a encore secoué ma main. « Oh, allez. Tu ne ferais pas une chose pareille. Reprends-toi. »

« Quel mariage, quelle mascarade ! Un homme demande à sa femme de fumer un peu

132

d'herbe avec lui, et elle se défile. Mon Dieu, je ne te demande pas de t'injecter de l'héroïne. Je désire simplement que tous les deux — mari et femme — nous partagions le même voyage vers le pays de la joie, où l'on oublie un moment toutes les misères de l'existence. »

« J'ai peur d'être malade. »

« Malade ? Mais c'est une thérapie formidable ! Ça détend le corps, purifie l'esprit, apaise l'âme. »

Elle restait silencieuse et mordillait l'un de ses ongles.

« D'accord », elle a dit à contrecœur. « Mais je sais que ça va me rendre malade. »

J'ai placé ma main sur mon cœur. « Je te jure sur ce que j'ai de plus sacré que tu ne seras pas malade. »

« Bon, d'accord. »

Dans la faible lumière diffusée par l'écran, j'ai roulé deux joints, puis lui en ai donné un. « Fume-le comme une cigarette. Aspire profondément. Mais ne va pas trop vite. Prends ton temps et détends-toi. »

Nous avons allumé nos joints et fumé en silence. Elle a tiré plusieurs longues bouffées.

« Je ne sens rien. »

« Patience. L'effet n'est pas immédiat. Ne te presse pas. »

Après deux bouffées, ma cigarette s'est éteinte, mais je ne l'ai pas rallumée. Elle a fumé la sienne jusqu'au bout avant de l'éteindre. Puis elle s'est laissée aller en arrière dans son fauteuil avec une indolence béate pour regarder le film, les yeux mi-clos. Je lui ai demandé comment elle se sentait.

« Je ne sens rien », elle a répondu en souriant.

Dix minutes ont passé.

« Je suis fière de mes enfants », elle a dit. « Je les aime tendrement. Ils vivent dans un monde terrible, mais ils ont le courage d'affronter l'avenir, et je ne veux plus me faire le moindre souci pour eux. »

J'ai compris que le moment était venu de lui annoncer la nouvelle.

« Dominic t'a-t-il parlé de son mariage ? »

« Dominic, marié ? »

« Il a épousé Katy le jour de Noël. »

« Je l'ignorais. »

« Katy est enceinte. »

« C'est magnifique. »

Je l'ai regardée ; elle était confortablement installée dans le grand fauteuil inclinable. Elle pleurait. Elle a pleuré pendant deux heures, jusqu'à ce que l'œil blanc uniforme de la télé nous regarde en faisant briller les larmes qui coulaient sur ses joues.

« Je suis tellement heureuse », elle a répété plusieurs fois. « Tellement heureuse. »

Se déplaçant comme un spectre parmi un écheveau de toiles d'araignée, elle s'est agrippée à moi tandis que nous retournions en flottant vers notre chambre. Je l'ai installée sur le lit, son cou ressemblait à celui d'une poupée brisée, ses mains étaient molles comme des gants. En mal d'affection, elle a cherché mon visage en ronronnant, posé sa tête sur mon épaule, mais elle était tellement raide qu'elle ne pouvait même pas m'embrasser. J'ai mis sa tête sur l'oreiller, je l'ai déshabillée en admirant sa blancheur, ses mamelons rose clair m'ont rappelé les quatre bouches qu'ils avaient nourries. J'ai touché les poils vaguement dorés de son pubis en me demandant si elle les teignait. A moi, tout à moi. Soudain j'ai eu une folle envie d'elle, j'ai arraché mes vêtements et me suis jeté sur elle. C'était du viol, son abandon m'entraînait dans un délire orgiaque, je me repaissais d'elle avec une joie diabolique, je découvrais des fentes et des crevasses jusque-là inviolées, jamais je n'avais connu une telle extase avec elle, et tout le temps elle a dormi, au point qu'elle ne se souvenait de rien quand elle s'est réveillée le lendemain matin.

Dix-Neuf

Je ne pensais jamais beaucoup à Jamie. En fait, je regrettais qu'il soit né si peu de temps après Tina, laquelle dans sa petite enfance avait poussé des cris horribles, insupportables, qui me terrifiaient et m'horripilaient. A l'époque, je jurais que trois enfants suffisaient largement et je suppliais Harriet, arrête-toi là pour l'amour du ciel ; utilises-tu ton diaphragme, es-tu sûre qu'il est bien en place ? C'était la panique quand Tina hurlait dans la pièce voisine, et lorsque Harriet a su que Jamie était en route, elle a eu peur de me l'annoncer jusqu'au troisième mois de sa grossesse.

Alors j'ai vu rouge, je suis sorti de la maison comme une fusée et suis resté deux semaines à Palm Springs avec un écrivain saoul qui avait six enfants et leur reprochait son alcoolisme. Je suis revenu à la maison avec des pensées d'avortement, mais bien sûr c'était trop tard ; Harriet m'a méprisé et ordonné de m'en aller pour ne plus jamais revenir. Aveuglés par la haine et la nécessité, nous avons conclu une trêve périlleuse, sans jamais reparler de notre futur enfant.

Ç'a été une horrible épreuve pour Harriet. Plus elle grossissait, plus le monstre se développait en moi. Je passais mes jours et mes nuits à boire du vin, vautré dans un fauteuil, la punissant de ma langue acérée, plein de fiel et de ricanements, perpétuellement écroulé, reculant devant sa taille chaque jour plus arrondie.

Non seulement elle a réussi à mener sa grossesse à bon terme, mais elle a échappé saine et sauve à la violence de mon désespoir. Deux semaines avant l'accouchement, on m'a proposé un boulot à Rome. Harriet a été si contente de me voir quitter mon fauteuil, et j'étais tellement heureux de partir que je n'ai pas emmené une seule valise.

A mon retour de Rome, Jamie avait cinq mois, et je l'ai détesté comme jamais parce qu'il avait des coliques et braillait encore plus que Tina. Les hurlements d'un enfant ! Faites-moi avaler du verre pilé, arrachez-moi les ongles, mais ne me soumettez pas aux cris

136

d'un nouveau-né, car ils se vrillent au plus profond de mon nombril et me ramènent dans les affres du commencement de mon existence.

Harriet lui avait donné le prénom de son père, Joseph, mais ce nouveau-né n'était décidément pas un Joseph, il ne ressemblait pas à un Joseph ; Jamie lui convenait mieux, si bien qu'au bout d'un moment ce prénom lui est resté et nous l'avons inscrit à son état civil.

Il n'y a jamais eu assez de temps pour Jamie. C'étaient toujours Dominic ou Tina qui déclenchaient les crises, parfois Denny, mais jamais ce gosse bouclé aux yeux noisette qui souriait invariablement en se levant, qui, contrairement aux autres, n'a pas pleuré la première fois que nous l'avons amené à l'école, qui parlait avec hésitation, en bredouillant, parce que personne ne se donnait la peine de lui apprendre à articuler correctement. Ensuite nous avons découvert qu'il pleurait un peu tous les jours, assis seul dans le bac à sable de la cour de l'école, et quand son maître lui demandait pourquoi, il répondait qu'il avait quelque chose dans l'œil.

Quand il a eu six ans, nous l'avons emmené à une fête organisée en l'honneur du Quatre Juillet, et il s'est promené parmi la centaine d'invités, étonné et ravi par tout ce qu'il voyait. Sur le chemin du retour, Harriet lui a demandé s'il s'était bien amusé et il a répondu, avec des yeux brillants, qu'un homme lui avait parlé, un homme très gentil qui portait un grand chapeau noir. Quand Harriet lui a demandé ce que cet homme lui avait dit, Jamie a caressé son mer-

137

veilleux souvenir et soupiré. « Il m'a dit : " Tire-toi de mes pattes, petit ". »

Tel était Jamie, amoureux des fleurs, des cactus et des arbres, des araignées, chenilles, étoiles de mer et coquillages en tous genres, vers de terre, rats, chiens, chats, écureuils, chevaux et hommes. Nous ne nous étions jamais beaucoup inquiétés pour Jamie. Il n'exigeait jamais rien. Il ne séchait pas l'école, ne se bagarrait pas, ne revenait jamais à la maison dans la voiture du shérif avec un adjoint qui sermonnait ses parents sur la gravité du vandalisme, il ne volait ni ne buvait, ne bousillait pas les voitures qu'on lui prêtait, n'organisait pas des parties de défonce sur la plage ni ne mettait en cloque ses copines, il ne fuguait pas, ne mentait pas, ne volait pas et ne trichait pas.

Il avait de bonnes notes, il était propre, il s'habillait correctement, mangeait tout ce qu'on lui servait, passait des journées entières à jouer au basket et embrassait toujours sa mère pour lui dire bonsoir. Qui aurait remarqué un gamin pareil ? Pour attirer mon attention, un garçon devait faire quelque chose de significatif, démolir une voiture par exemple, ou me voler mon revolver pour tirer des cailles dans les pins, se faire arrêter par le garde-chasse à cause de nasses à langoustes illégales, tomber de la falaise et se planter dans le sable, ou encore se ronger les ongles en attendant les prochaines règles d'une fille, échapper d'un cheveu à la noyade, organiser des soirées où l'on brise les meubles, casse les vitres. Pas Jamie. C'était un garçon modèle, sage, pondéré et raisonnable.

Alors, sans crier gare, est arrivé le démenti cinglant : notre Jamie n'était pas aussi impeccable et immaculé que nous le pensions. Peut-être a-t-il décidé de briser son image afin d'attirer notre attention sur lui. C'était sans doute pour cela qu'il avait loupé ses examens dans deux matières importantes à la fac, se signalant ainsi délibérément à l'attention du bureau de conscription. Son tempérament était donc plus compliqué que nous ne le pensions.

Pour y croire, nous avons dû le voir noir sur blanc. La lettre, adressée à Jamie, émanait du bureau du recteur. Elle était posée près du téléphone ; Harriet savait qu'ainsi il ne pourrait pas ne pas la voir. Devinant son importance, je l'ai examinée en transparence en me demandant si j'allais oser l'ouvrir, violant ainsi la loi sacrée de la maison qui interdisait à quiconque d'ouvrir une lettre qui ne lui était pas destinée. Ce problème moral m'a retardé dix secondes avant que je ne déchire l'enveloppe.

La note destinée à James Molise était concise, impersonnelle. Suite à son absence depuis quarante-deux jours, il était informé par la présente qu'il n'était plus inscrit comme étudiant à l'Université de la ville.

« Sacqué. Viré. »

« Tu n'aurais pas dû l'ouvrir », m'a reproché Harriet.

« Quarante-deux jours ! Que fait-il donc ? »

« Peu importe. Tu n'avais pas le droit d'ouvrir son courrier. »

Il est arrivé pour le dîner, les mains vides.

« Pas de livres ? Comment ça se fait ? »

Ses yeux inquiets ont brièvement plongé dans les miens, puis il a regardé ailleurs.

« Et alors ? » il a fait.

J'ai pris la lettre, la lui ai tendue, après quoi il a longuement palpé l'enveloppe déchirée. Son visage s'est assombri, il a jeté la lettre sur la table sans se donner la peine de la lire.

« J'ai plaqué la fac. »

« Tu ne l'as pas plaquée, tu t'es fait virer. »

« Je l'ai plaquée ! » il a insisté.

« Aussi vaurien que tes frères. Moi qui avais toujours cru que tu ne sortais pas du même moule qu'eux. »

« Veux-tu te calmer, s'il te plaît ? » a dit Harriet. « Que s'est-il passé, Jamie ? Pourquoi as-tu laissé tomber la fac ? »

« J'ai pris un boulot », il a dit en fixant ses mains.

« Combien de boulots cumules-tu donc ? » je lui ai demandé. « Je croyais que tu travaillais au supermarché. »

« Plus maintenant. Je travaille à la Clinique pour enfants. »

« Tu y fais quoi ? »

« Je leur apprends des choses. Des sports, l'artisanat. Tout ce qui peut leur servir. »

J'ai commencé de distinguer une stratégie, une manœuvre astucieuse, comme chez Denny, et ça m'a soulagé. Tout compte fait, il se servait de ses méninges.

« Pas mal », j'ai dit. « Ça devrait te permettre d'obtenir un sursis. »

« Je suis simplement volontaire », il a ajouté,

un peu honteux. « Je ne suis pas payé à la Clinique. »

« Tu travailles à l'œil ? »

« J'aime ce que j'y fais. »

« Tu es complètement cinglé. Charité bien ordonnée commence par soi-même. »

Il n'y avait pas d'hostilité dans ses yeux verdâtres, seulement de la chaleur et de la sympathie. « Je savais que tu dirais un truc de ce genre, Papa. C'est pour ça que je ne vous ai pas prévenus. »

Au dîner nous en avons appris davantage sur son travail à la Clinique pour enfants. Il travaillait cinquante heures par semaine, en échange de quoi il pouvait déjeuner gratuitement. Pour aller à la clinique de Culver City, distante de cinquante kilomètres, il faisait du stop, et même chose au retour, sauf quand Denny pouvait l'accompagner ou le ramener. Il poussait des enfants infirmes dans les chaises roulantes, il leur donnait des bains de tourbillons, il massait leurs membres malades. A ceux qui pouvaient marcher ou courir, il apprenait à jouer au ballon. Il n'y avait pas grand-chose d'autre à faire, sinon nettoyer les toilettes, passer l'aspirateur sur les tapis ou aider à la lingerie.

« Nous manquons de personnel », il a dit. « Nous avons besoin d'aide. »

En l'écoutant, j'ai découvert avec stupéfaction que je ne le connaissais quasiment pas ; brusquement il était devenu un mystère. Ainsi donc, nous avions désormais un autre martyr dans la famille. Dominic s'immolait sur l'autel de Katy Dann, et maintenant Jamie vouait sa vie aux enfants infirmes. Quelle différence avec leur père qui écrivait des scénarios minables pour mille cinq cents dollars par semaine (quand il travaillait !). Pas étonnant que je comprenne mes chiens et pas mes enfants. Pas étonnant que je sois désormais incapable d'achever un roman. Pour écrire, il faut aimer, et pour aimer il faut comprendre. Je n'écrirais plus tant que je n'aurais pas compris Jamie, Dominic, Denny et Tina ; quand je les comprendrais et les aimerais, j'aimerais l'humanité tout entière, mon pessimisme s'adoucirait devant la beauté environnante, et ça coulerait librement comme de l'électricité à travers mes doigts et sur la page.

Vingt

Pendant deux jours Jamie a pris ma voiture pour aller travailler, et le vendredi nous sommes partis ensemble en ville. C'était un grand jour pour nous deux. Je devais être à Santa Monica à neuf heures et demie afin de toucher mes allocations de chômage, et à onze heures il affrontait le bureau de conscription de Brentwood.

J'ai déposé Jamie à la Clinique pour enfants, puis suis retourné à Santa Monica en ayant largement le temps de rejoindre la queue du guichet C. J'y ai retrouvé les visages habituels, des gens du show biz qui savaient s'y prendre pour minimiser l'humiliation de cette attente l'un derrière l'autre : des scénaristes de la télévision qui racontaient des blagues, le type lugubre et angoissé qui avait écrit le dernier film à succès de Brando, le fumeur de pipe auteur de dix Daniel Boones, les metteurs en scène maussades et irascibles, les acteurs coquets, tous avançaient sur trois files avec des ingénieurs électroniciens, des ouvriers agricoles et des chercheurs qui aimaient vous faire comprendre qu'ils avaient travaillé sur le projet Apollo. Les scénaristes étaient optimistes et bêtes comme leurs pieds, mais assez bizarrement la plupart disaient la vérité. Une semaine, ils étaient là pour toucher leurs soixante-cinq dollars, et la suivante ils partaient pour l'Europe honorer un contrat ou bien ils décrochaient un engagement sur place. Je me suis demandé si j'étais le seul menteur invétéré parmi tous ces chômeurs, car depuis longtemps je faisais courir le bruit que j'écrivais un roman, et quand on me demandait comment ça allait, j'avais toujours la même réponse simple et directe : « Fantastique ! »

Le soleil était brillant, le smog d'un orange exquis alors que je retournais vers Culver City. Je me suis garé devant la Clinique pour enfants. Bien que neuf, le bâtiment de deux étages en stuc présentait un aspect crasseux et minable, comme si rien ne pouvait dissimuler la tristesse de ce qu'il abritait. La cour adjacente était enclose d'une palissade en contre-plaqué haute de trois mètres où s'étalaient les affiches de propagande électorale de la récente campagne de novembre. Le quartier était habité par des Noirs et des Chicanos ; l'autoroute de San Diego rugissait à deux rues de là. De l'autre côté de la palissade, des enfants jouaient, et leurs voix flûtées babillaient dans l'air comme des cris d'oiseaux.

A la réception, une jeune Noire m'a dit que Jamie était dans la cour, et d'un signe de tête m'a montré une porte. Une douzaine d'enfants, presque tous noirs, jouaient dans la cour poussiéreuse. Ils se déplaçaient sur des béquilles, les jambes enserrées dans des armatures métalliques, ils jouaient à la balançoire ou poussaient un manège grinçant. Une infirmière noire en uniforme blanc les surveillait.

J'ai repéré Jamie à l'extrémité opposée de la cour, dans un bac à sable avec deux fillettes, une Chicano et une Noire. Entre elles, un seau plein d'eau et des moules à gâteaux. Elles faisaient des gâteaux de sable et leurs mains étaient barbouillées de terre marron.

Tandis que je m'approchais, Jamie a dit : « Mets un peu de cannelle dessus. »

La petite Noire manchote a pris une poignée de sable, qu'elle a laissé couler sur son gâteau humide. L'autre enfant, qui portait des ferrures d'acier aux genoux, a dit : « Je veux de la noix de coco. »

« Très bien », a dit Jamie. « D'accord pour la noix de coco. »

Elle a pris du sable dans ses mains et l'a répandu sur son gâteau.

« Il faut y aller », je les ai interrompus.

Pendant qu'il se lavait les mains sous un robinet, les enfants m'ont observé d'un air renfrogné. Ils se sont regroupés autour de Jamie, se frottant contre lui comme des chatons.

« Ne pars pas, Jamie. S'il te plaît. »

Il leur a promis de revenir plus tard.

« Promets ! Promets ! »

« Je vous le promets. »

Il les a prises par la main et nous avons marché lentement, calquant notre pas sur les déhanchements de la fillette aux jambes atrophiées. Une brève promenade pleine de confiance et de solennité, le soleil brûlant sur nos têtes, la terre battue sous nos pieds, l'enclave de contre-plaqué isolée du reste du monde, mais sauvagement agressée par le rugissement des camions sur l'autoroute. Quand j'ai regardé Jamie, j'ai découvert une lueur chaleureuse dans son regard et son sourire timide tourné vers les fillettes. Il les couvait avec amour, comme autrefois il avait aimé les chiots et les petits lapins.

Les bureaux du service de recrutement se trouvaient dans un immeuble flambant neuf de Barrington, près de Wilshire. Un peu en avance sur l'heure de la convocation, nous sommes entrés dans le parking et j'ai garé la Porsche dans une place libre. J'ai coupé le contact et nous sommes restés là un moment, à réfléchir.

« Tu as mis au point quelque chose ? Tu sais ce que tu vas dire ? »

« Il n'y a rien à mettre au point. Ils me poseront des questions, j'y répondrai. »

J'avais pas mal pensé à la situation, si bien que j'ai proposé une solution. « Que dirais-tu de ça ? » j'ai attaqué : « Je suis en convalescence après une crise cardiaque, je dois me reposer chez moi. Cela donne beaucoup trop de travail à ta mère, nous avons donc besoin de toi pour t'occuper de moi. Un cas de force majeure. »

« Tu plaisantes ? »

« Tu ferais bien de préparer quelque chose. »

« Je ne sais même pas ce qu'ils me veulent. Il s'agit peut-être seulement d'un questionnaire à remplir. »

« Tu rêves, mon petit. Tu viens de faire l'école buissonnière pendant quarante-deux jours, ils veulent t'alpaguer. »

Il a ouvert la portière.

« Nous serons vite fixés. »

« Attends », j'ai dit en changeant mon fusil d'épaule. « Pourquoi ne pas utiliser le médecin de Denny ? »

« Abercrombie ? C'est un escroc. »

« Evidemment que c'est un escroc ! Comment veux-tu avoir des problèmes rénaux ou de l'hypertension sans consulter chez un escroc ? »

Il m'a regardé en haussant les sourcils.

« Je ne veux pas de ça. » Il est sorti de la voiture et a fait claquer la portière.

« Et pourquoi ne pas dire la vérité, toute la vérité, sans aller chercher un médecin marron ? »

« Quelle vérité ? »

« Mon ulcère. Comme tu sais, j'ai un ulcère au duodénum. Il s'enflamme de temps à autre.

D'ailleurs, en ce moment, je sens que ça ne va pas tarder. Suppose que... »

« Rien à faire. »

Il s'est éloigné au moment précis où une Thunderbird bleue arrivait à toute vitesse dans l'allée, droit sur lui. Le klaxon a retenti, les freins ont hurlé, Jamie a bondi en arrière pour éviter de se faire écraser et s'est retrouvé sur ma voiture. Il fulminait en regardant le conducteur de la Thunderbird.

« Imbécile ! » il a crié. « Espèce de sale crétin ! »

« Désolé », a fait le type. Soulagé d'avoir évité une tragédie, il s'est laissé aller sur son siège en poussant un soupir, puis a relevé son chapeau sur son visage soudain en sueur.

« Abruti ! » j'ai gueulé.

Le type a pris un attaché-case, puis est sorti de sa voiture. Il portait un costume de soie gris qui le drapait comme dans un rideau de théâtre, un type corpulent aux épaules massives et à la mâchoire agressive. Sans doute un vice-président ou un revendeur de voitures d'occasion.

« Absolument désolé », il a dit.

Nous l'avons foudroyé du regard, puis il s'est éloigné le long d'une rangée de voitures. Il s'est brusquement arrêté après quelques pas, nous a regardés par-dessus son épaule soyeuse, puis est revenu vers nous.

« Vous ne seriez pas Molise ? » il a dit devant la Porsche.

« De quoi je me mêle ? » a rétorqué Jamie en croisant les bras.

Le gros homme a souri, puis s'est adressé à nous deux :

« Comment va votre saloperie de chien pervers ? »

Alors j'ai reconnu John Galt, l'homme de loi, que Stupide avait monté sur la plage le soir du grand vent de Santa Ana. Je me suis souvenu de lui, de son bermuda, de sa chemise imprimée hawaiienne, de sa bedaine saillante, de ses jambes poilues grosses comme des poteaux, et l'arrogance avec laquelle il m'avait humilié ce soir-là brûlait encore ma mémoire, surtout parce que Jamie avait assisté à la scène. J'avais maintenant une chance de prendre ma revanche, car une fois encore le garçon était présent.

« Salut, Galt. » Je me suis tourné vers Jamie. « Tu te souviens de lui, Jamie ? Le type que Stupide a essayé de monter sur la plage ? C'est lui. »

« Je me souviens », a répondu Jamie. « Le gars qui avait un maillot de bain si rigolo. »

Galt a souri faiblement.

« L'animal n'a violé personne dernièrement ? »

« Pas dernièrement », j'ai répondu. « Mais vous lui manquez beaucoup, Galt. Il est fou amoureux de vous. »

Le sourire de Galt semblait d'acier trempé. Ses yeux bleus ont étincelé quand il a sorti un mouchoir de sa poche pour essuyer la sueur sous ses bajoues. Il a méticuleusement replié son mouchoir, puis l'a remis dans sa poche. J'ai senti sa rage fondre sur moi comme un vent brûlant, je me suis retourné vers le siège de la

Porsche pour ramasser par terre un fer numéro cinq. Le dialogue empoisonné risquait de tourner à l'affrontement sanglant, Galt contre Jamie et moi. Brusquement, Galt a pivoté sur ses talons, puis traversé le parking d'un pas rapide tandis que le soleil miroitait sur la soie de son costume.

« Formidable », a dit Jamie. « Tu lui as vraiment rivé son clou. »

« Toi aussi. »

« Il ne m'a jamais plu. »

« C'est une brute », j'ai dit. « Heureusement qu'il ne nous a pas cherché noise ; j'étais prêt à lui ouvrir le crâne avec ça. » J'ai brandi le fer numéro cinq devant moi.

Nous avons traversé le parking jusqu'à l'entrée du bâtiment. Il y avait une cafétéria à côté, et j'ai vu Galt au comptoir, qui lisait un journal en portant une tasse de café à ses lèvres. Nous avons consulté le tableau de l'immeuble et pris l'ascenseur jusqu'au quatrième étage.

Pénétrer dans le bureau de recrutement équivalait à ouvrir un roman de Dostoïevski. L'aspect glacé de la bureaucratie figeait votre moelle ; la machine du pouvoir officiel commençait aussitôt à vous dévorer. C'était une grande salle blanche qui sentait le plâtre frais, équipée de néons éblouissants. Une douzaine de jeunes gens, dont la plupart avaient les cheveux longs, se tenaient devant de petits guichets le long d'une cloison et parlaient de leur cas à des fonctionnaires. La lumière dure soulignait leurs traits, leurs boutons et autres poils de barbe sur leurs mentons.

Jamie a écarquillé les yeux devant ce spectacle, l'air a sifflé entre ses dents. Aussi anonyme que les autres, il a pris sa place dans la queue à l'un des guichets. Quant à moi, je me suis assis sur une chaise en plastique le long du mur. Comme certains gamins fumaient, j'ai allumé ma pipe. Derrière les petites fenêtres de la cloison, une escouade de dactylos frappaient sur leurs machines à écrire. Les machines semblaient s'engueuler entre elles.

Quand la porte du couloir s'est ouverte, j'ai entrevu un éclair de soie grise. C'était John Galt. Il s'est dirigé vers un passage découpé dans la cloison, son attaché-case à la main. Jamie et moi l'avons repéré en même temps. Ma pipe s'est brusquement éteinte et j'ai senti le sang affluer vers mon visage quand Galt s'est arrêté avant de franchir le seuil pour jeter un coup d'œil dans la salle. Ses yeux bleus étincelants nous ont mitraillés comme une arme à répétition. Puis il est passé de l'autre côté de la cloison. Jamie s'est retourné pour me regarder. Il a ouvert puis refermé les paumes moites de ses mains. Il a chuchoté quelque chose au garçon qui le précédait, en désignant Galt, que j'ai vu pénétrer dans un bureau situé au bout de la cloison. Quittant la queue, Jamie s'est dirigé vers moi. Son visage était gris, mais il avait un sourire ironique aux lèvres, comme la victime d'une mauvaise plaisanterie.

« Tu sais qui c'est ? »

« Ne me le dis pas », j'ai répondu. « Je ne veux pas le savoir. »

« Le directeur du bureau de recrutement. »

Quand il a repris sa place dans la queue, j'ai essayé de refréner une pensée qui galopait dans mon esprit, mais elle ressemblait à un cheval sauvage indomptable :

Quatre moins trois égale un.

Vingt et un

Jamie n'a jamais rencontré de nouveau Galt, du moins pas face à face. Le destin s'est jeté sur lui comme un vent polaire ; il a compris que les jours de sa vie civile étaient comptés. Je savais qu'il ferait un bon soldat, il avait trop de fierté pour ne pas se montrer à la hauteur d'une tâche, mais la terreur de la vie militaire le rendait morne et silencieux comme un moine.

Confronté à une crise, il réagissait comme moi. Tel père, tel fils. A la mort de mon propre père, j'avais dormi avec mon chien Mingo. A la mort de ma mère, la présence de mon cher Rocco à mes côtés lors de maintes nuits de tristesse avait amoindri ma douleur. Jamie s'est mis à dormir avec Stupide. Ce chien n'était pas un imbécile. Sentant le désespoir de Jamie, il essayait de le consoler de la seule manière qu'il connaissait — en restant près de lui pendant ces deux derniers mois.

Stupide avait changé. Du moins, il était devenu autre chose qu'un simple chien errant qui traînait sans but dans la maison. Maintenant on avait besoin de lui, il avait une tâche à accomplir, et pour quelqu'un qui l'aimait. Ses yeux éplorés débordaient de gratitude, il suivait partout Jamie dans les couloirs et autour de la maison. Au petit déjeuner il était sous la table, la tête posée sur les chaussures de Jamie. Il le suivait ensuite au garage et restait à côté de la portière de la voiture en attendant une dernière caresse amicale avant que Jamie ne parte pour sa clinique. Après le départ de la voiture, il s'allongeait dans le garage et attendait le retour de Jamie. Il s'inquiétait pour Jamie. La preuve en était sa nourriture intacte et son total désintérêt envers Denny, Harriet et moi.

Le quatre juillet nous avons accompagné Jamie au Bureau d'Accueil de l'Armée dans le centre de Los Angeles. Nous avons pris le break afin de pouvoir emmener Stupide. La tête posée sur les genoux de Jamie, il a dormi pendant tout le trajet. Deux cars attendaient les conscrits dans le parking. Jamie m'a serré la main, il a posé deux brefs baisers sur les joues de sa mère, puis ses bras ont enlacé Stupide, qu'il a embrassé trois ou quatre fois.

« Occupe-toi bien de mon chien. »

J'ai hoché la tête.

« Promis ? »

« Promis. »

Il a rapidement rejoint une file de jeunes gens crasseux qui montaient dans les cars. On aurait dit un rassemblement de victimes du nazisme en route vers Buchenwald. Jamie est monté dans son car et bientôt il a agité la

152

main à la vitre arrière. Harriet a pleuré et secoué son mouchoir humide. Avec un sifflement de dragon le car s'est éloigné, en route vers Fort Ord.

∴

Harriet a pleuré pendant deux jours, mais ma propre tristesse a duré environ douze minutes, jusqu'à l'autoroute de Santa Monica, où le torrent rugissant des voitures a emporté le break vers la côte. J'ai fini par trouver une place dans la troisième voie, où je pouvais rouler à cent à l'heure sans être gêné par les cinglés qui profitaient de la fête nationale pour aller à la plage.

Je ne m'inquiétais pas pour Jamie. Je comprenais maintenant pourquoi mon père avait été si heureux de me voir partir au service militaire. D'autres allaient assumer ma responsabilité. Ce n'était pas comme un gosse qui s'enfuit dans la jungle d'une grande ville à la manière de Dominic ou de Denny, qui nous empêche de dormir, provoque angoisse et rongements d'ongles, sans parler de nos arrêts du cœur chaque fois que le téléphone sonnait. Jamie était entre de bonnes mains. Il serait nourri, logé, soumis à la discipline militaire. Il prendrait du poids et de l'assurance. Son foyer et sa mère lui manqueraient pendant quelque temps, il s'endormirait en pleurant. Au pis il s'ennuierait, mais qui ne s'ennuyait pas ?

∴

153

Quand nous sommes arrivés à la maison, Stupide était allongé sur la banquette, la tête posée sur les pattes. Il a refusé de descendre. J'ai essayé de le raisonner, de le calmer, mais il n'a pas bronché. Quand j'ai tendu la main et tiré sur son collier, il a ouvert un œil glauque et grondé.

« Va te faire foutre, ingrat. »

« Jamie lui manque », a dit Harriet.

« Jamie manque à tout le monde. Est-ce une raison pour que, contrairement à nous tous, il ne sorte pas de la voiture ? »

« Il a le cafard. Laisse la portière ouverte. »

Il commençait à me casser les pieds. Tous les mois que j'avais passés à le nourrir, le laver, le soigner, lui enlever les tiques gonflées de sang, à nettoyer sa litière, lustrer son poil, le débarrasser de ses vers, lui proposer mon amitié, et maintenant il s'intéressait exclusivement à Jamie, qui ne lui avait jamais apporté la moindre écuelle d'eau. Je ne réclamais certes pas des faveurs particulières ni ne m'attendais à une entière dévotion, mais j'avais certainement droit à l'obéissance et au respect. Où serait-il si je ne lui avais pas procuré un bon foyer, si je n'avais pas fait attention à lui, si je ne l'avais pas mieux traité que la chair de ma chair ? Son comportement s'expliquait sans doute par sa race. C'était un sale fils de pute indifférent, dénué de la moindre intelligence, incapable de réagir à l'amour et à la gentillesse. Mon chien Rocco aurait bondi de joie si je lui avais prodigué la moitié de ces attentions.

Deux heures plus tard, je regardais le match

des Dodgers à la télévision quand il a gratté à la porte de derrière. Je me suis levé pour le faire entrer. Sans m'accorder le moindre regard, la queue basse, il a tristement descendu le couloir jusqu'à la chambre de Jamie. Il a reniflé le lit vide en gémissant, puis y est monté. Avec un soupir, il s'est installé confortablement, puis a fermé les yeux. Je l'ai laissé là et suis retourné devant la télé. Après le dîner, je lui ai préparé une assiette de viande de cheval et de croquettes, que j'ai posée sur le porche, puis j'ai tenté de le faire descendre du lit. Il a grondé méchamment quand ma main a saisi son collier.

« Laisse-le tranquille », a dit Harriet. « Il mangera quand il aura faim. »

Erreur. Il n'a mangé ni bu, et pas davantage quitté la chambre de Jamie. Toute la nuit et jusqu'à l'après-midi du lendemain, il est resté enfermé. Alors j'ai découvert qu'il avait pissé sur le tapis. Le moment était venu de le reprendre en main.

Harriet a apporté des chiffons et du détachant pendant que j'allais chercher un club de golf dans mon sac à l'arrière de la voiture. Stupide se levait quand je suis entré dans la chambre. J'ai pointé sur lui l'extrémité du club de golf.

« Dehors. »

Décomposé par le désespoir, la fourrure terne, les yeux lourds et humides, il s'est laissé glisser du lit avant de traîner la patte dans le couloir, puis vers la porte de derrière. Il manifestait la même mélancolie que lors de la nuit pluvieuse où nous l'avions trouvé. Debout sur le seuil, je l'ai regardé tourner des yeux indécis vers l'extérieur, comme si le paysage lui était inconnu. Une pensée impitoyable, gênante, m'a fait rougir intérieurement. Je voulais me débarrasser de lui. Malgré ma promesse à Jamie, je sentais que le chien devait s'en aller. Il a dû percevoir ces vibrations, car il m'a regardé d'un air désolé, comme s'il regrettait mes propres pensées. Tremblant comme un criminel, je n'ai pas pu soutenir son regard.

Vingt-Deux

Le lendemain vers midi Harriet a découvert qu'il était parti. Nous avons cherché dans la cour, dans les épais massifs de lierre qu'il aimait, dans les abris ombreux sous les pins, dans le corral, dans la caravane abandonnée. Il avait bel et bien disparu, bien que le portail fût tout le temps resté fermé.

« Il a dû sauter par-dessus la clôture. »

« Allons voir sur la plage », a dit Harriet.

« Il va revenir. Laisse le portail ouvert. »

« Nous devons le chercher. »

Elle a mis une paire de chaussures basses.

« Je suis en train d'écrire », j'ai dit.

« Tu m'accompagnes. »

Nous avons marché jusqu'à la plage. Harriet est partie vers le sud, moi vers le nord. Après cinq cents mètres de marche difficile dans le sable, je me suis assis contre la falaise et j'ai allumé ma pipe. Tout compte fait, Stupide n'avait rien de formidable. Il était schizophrène. Il avait terrorisé Rick Colp. Mordu Denny. Tenté de sauter Galt, et il était probablement responsable de la conscription de Jamie. Il était froid et indifférent envers moi. Soudain, un merveilleux désir a embrasé mon corps tout entier en faisant descendre une douce mélodie le long de mon épine dorsale. Je prendrais un autre bull-terrier, un chiot, blanc comme Rocco, avec un ventre rose, une longue queue de rat, de doux yeux bruns. Mais je devais d'abord m'assurer que Stupide était définitivement parti.

De retour à la maison, Harriet se séchait après une douche.

« Alors ? » elle m'a demandé.

« Il est parti pour de bon. »

« C'est un chien tellement lent. Il ne peut pas être loin. Allons faire un tour en voiture. »

« J'étais en train d'écrire. »

« Ça peut attendre. Nous prendrons les deux voitures. »

Elle est partie vers Zuma Beach, tandis que je me dirigeais vers la grand-route de la côte. A Topanga Canyon, j'ai bifurqué vers le nord jusqu'à la Vallée et le terrain de golf flambant neuf de Ventura. Un superbe parcours désert avec une herbe drue et des balles immaculées. J'en ai frappé trois seaux et j'ai réussi un slice qui me posait des problèmes depuis deux ans. Dans l'ensemble, une bonne journée.

157

Quand je suis arrivé à la maison, le soleil doré semblait posé sur l'horizon, prêt à être avalé par la mer rose. Devant sa cuisinière, Harriet préparait le dîner en parlant au téléphone : elle demandait aux voisins s'ils n'avaient pas vu un gros chien marron et noir doté d'une queue empanachée. Elle a fébrilement composé des numéros pour poser ses questions, tout en me servant mon dîner. Elle semblait épuisée. Elle a téléphoné à la fourrière, au shérif, à la S.P.A., aux services de police et aux vigiles locaux. Elle avait aussi fait passer des annonces dans le *Times* et tous les journaux de la côte Ouest.

En se préparant un cocktail, elle m'a demandé : « Tu n'as vraiment rien trouvé ? »

« Rien. Je suis même allé dans l'arrière-pays, j'ai traversé Latigo et Corral Canyon, jusqu'à Mulholland. Ensuite, j'ai remonté Decker Canyon. J'ai fait toutes les routes d'ici à Camarillo. »

« Nous devons le retrouver, pour Jamie. »

« Et si nous ne le retrouvons pas ? »

« Nous devons essayer. »

« Mais *imagine* que nous ne le retrouvions pas. »

« Nous avons dix semaines devant nous avant que Jamie ne revienne de son camp militaire. Nous le retrouverons certainement d'ici là. »

« Soyons réalistes. Le chien est parti. Il est resté un moment, puis il est parti. Il est comme ça. »

« Je n'y crois pas. D'après ce que nous savons de lui, il est peut-être en route vers Fort Ord. »

« Oh, merde. Stupide n'est pas Lassie. »

« C'est pourtant possible. »

« Au cinéma. Pas à Point Dume. Mais il y a une solution, si nous ne le retrouvons pas. »

« Quelle solution ? »

« Un autre chien. »

Aussitôt elle a eu la puce à l'oreille, et j'ai décidé de ne pas insister. « Je pensais à un gentil petit épagneul, ou peut-être un scottish-terrier. »

Ses yeux se sont rétrécis, son souffle s'est accéléré.

« Je te vois venir. »

« Comment ça ? C'est une simple hypothèse. »

« Je ne vais pas gâcher ma salive. Si tu fais seulement *mention* d'un bull-terrier, considère notre mariage comme terminé. Et inutile de discuter. »

Elle a pivoté sur ses talons et filé hors de la pièce.

Elle était de nouveau là, l'ancienne pression qui essayait de me couler dans le moule. J'ai pris du papier et un crayon pour additionner les nombres qui giclaient de ma tête comme d'un ordinateur. Trois mille pour ma Porsche, dont deux mille deux cents encore dus à l'organisme de crédit, cent pour mes clubs de golf, cinq cents pour le tracteur, cinquante pour la tondeuse, cent pour la scie électrique, peut-être encore deux cents pour mes armes à feu. Au total, environ mille six cents. Cinq cents à soustraire pour le billet d'avion, et j'arriverais à Rome avec onze cents dollars en poche. Cela méritait réflexion.

Quand le téléphone a sonné, nous avons répondu ensemble de nos chambres respectives. Madame Pollard nous appelait de Dume Drive. Par sa fenêtre, elle voyait un gros chien à fourrure épaisse qui errait sur le terrain voisin. Harriet l'a remerciée, puis a descendu le couloir au pas de course.

« Prends la lampe-torche », elle a dit.

Quelques minutes plus tard, elle dirigeait le break hors de Dume Drive, dans le terrain voisin de la maison des Pollard. Les pinceaux des phares qui montaient et descendaient ont soudain éclairé la silhouette massive d'un chien, un terre-neuve debout et comme figé sur un tertre herbeux, les yeux écarquillés de surprise.

Je n'ai pas découragé Harriet. « Ça semble prometteur. Nous aurions dû commencer nos recherches ici. »

En marche arrière, elle a ramené la voiture dans la rue.

Pendant les deux heures suivantes nous avons sillonné les rues de Point Dume, nous déplaçant à une allure de corbillard qui attirait l'attention de tous les chiens du voisinage. Ils nous suivaient en bandes excitées, leurs crocs et leurs gencives luisaient dans le faisceau de la lampe-torche. Des chiens, une horde de chiens. L'élite de Point Dume, les chiens les mieux nourris, les mieux logés du monde, du chihuahua au saint-bernard. Mais pas de Stupide. Quand les piles de la lampe ont rendu l'âme, nous sommes rentrés à la maison.

La cheminée vomissait de la fumée. Harriet

a fait pénétrer le break au garage, à côté du tas de ferraille de Denny. J'ai sauté de la voiture pour regarder la cheminée. Elle vomissait une fumée noire qui empestait le caoutchouc synthétique en train de brûler ; elle planait comme un ange sombre dans le tiède air nocturne.

Denny était assis en tailleur devant l'âtre, le menton posé sur les mains, le regard rivé au foyer. Il faisait brûler ses béquilles. Les rondelles de caoutchouc sifflaient et fumaient. J'ai traversé la pièce pour regarder le feu. Nous sommes restés silencieux pendant deux minutes.

« Alors tu as réussi. »

En souriant, il a tiré une enveloppe de sa poche. Elle portait le tampon des services de l'armée. Sa réforme pour causes médicales. Inflammation chronique des tendons. Infirmité définitive. J'ai transmis le document à Harriet.

« Honteux », elle a dit en le parcourant.

« Je leur ai donné trois ans de ma vie », il a protesté. « Tu trouves que ça suffit pas ? »

« Tu leur en avais promis six. »

« Est-ce que je ressemble à un soldat, parle comme un soldat, agis ou pense comme un soldat ? Je n'appartiens pas à l'armée. C'était une erreur. Maintenant je suis de nouveau maître de ma vie. »

« New York ? »

« Demain. »

Il a bondi sur ses pieds pour exécuter une gigue.

« Denny ! » l'a grondé Harriet.

Il l'a prise dans ses bras pour l'embrasser.

« Je suis libre, Maman ! Tu sais ce que ça signifie ? »

Harriet ne pouvait pas dire grand-chose. Il la tenait par tous les bouts. Elle avait rédigé trop de ses dissertations, participé à trop de conspirations avec lui pour maintenant protester. Et le cas échéant, c'eût été futile. Denny était un gamin particulier, son charisme ressemblait à un drapeau claquant au vent, c'était un jeune homme sans arrêt sur la brèche, notre fils qui avait toujours aimé fuguer. Ce trait était sans doute présent dans le sperme fondateur qui avait remonté la trompe de Fallope pour rejoindre l'ovule qui l'avait engendré.

« *Quatre moins quatre égale zéro* », j'ai dit.

Il s'est tourné vers moi en souriant et a posé les mains sur mes épaules.

« Tu as réussi, Papa. Félicitations. » Il a fouillé dans sa poche et en a ressorti ses clefs de voiture. « Voici ta récompense. Je t'offre ma voiture. »

« Oh ! Merci ! »

Il a frappé dans ses mains, ravi de sa plaisanterie.

« Okay, Maman. Allons faire mes valises. Mon avion décolle à sept heures du matin. »

« Stupide n'est pas là », a dit Harriet. « Il s'est enfui. »

« Vous avez vraiment de la chance », il a répondu en souriant. Puis il a enlacé la taille d'Harriet en l'entraînant vers sa chambre à lui.

Vingt-Trois

La paix.

Qu'est-ce que la paix ?

Elle vit dans l'aile est, je vis dans l'aile nord. Nous avons trois chambres chacun. Je tonds la pelouse. J'entame un nouveau roman. Mon style a changé. Il ne me plaît pas. Elle fait de la poterie. Elle étudie les sciences occultes. Je joue au golf. J'ai des cauchemars. Des Noirs rôtissent Dominic dans un chaudron. Elle a des cauchemars. Jamie passe en cour martiale, on place un bandeau sur ses yeux, les balles claquent. Je change de chambre. Elle change de chambre. Nous dormons ensemble. Elle ronfle. Elle prétend que je ronfle. Nous changeons encore de chambre. Mon roman s'écroule. J'en entame un autre. Qu'est-il arrivé à mon style ? Elle me lit les tarots. Les cartes sont sinistres. Elle ne peut pas achever sa lecture. La Tour. Le Pendu. Mes cartes, la Mort, la Catastrophe, la Ruine.

Jamie écrit tous les jours, nous téléphone le week-end. Sa voix est faible, pathétique. Il a une grippe carabinée. Il vient de faire vingt-cinq kilomètres à pied. Comment va mon chien ? Il se porte bien. Ne t'en fais pas pour ton chien. Comment est la nourriture là-bas ? Infecte. Il vomit tout le temps. As-tu chaud la nuit ? Non. Ils ne nous donnent pas assez de couvertures. Ils l'ont fait ramper sur le ventre dans un champ en tirant à balles réelles au-dessus de sa tête. Ecoute, Jamie, veux-tu que j'écrive à ton officier supérieur ? Non. Ça ne ferait qu'augmenter les persécutions. Il a de la fièvre. Va voir le toubib. Non. En cas d'absentéisme, il faut tout recommencer depuis le début.

Je tonds la pelouse. Harriet arrache les mauvaises herbes dans les parterres de fleurs. Nous contactons les agents immobiliers. Ils mettent une pancarte sur la maison. Des hordes d'inconnus arrivent. Ils envahissent la maison. Ils la détestent. La cuisine est démodée. Les placards trop petits. Les plafonds ont besoin d'être repeints. Les fenêtres ne portent pas de grillage. Quand ils partent, on les entend ricaner. Et le type de l'immobilier opine du chef parmi eux. Nous retirons la pancarte. De nouveau seuls. J'entends d'étranges bruits de pas la nuit. Je mets un revolver à portée de ma main. Je donne un revolver à Harriet. Je nettoie et graisse mes fusils. La maison se transforme en forteresse. A une époque, toutes les portes restaient ouvertes, de jour comme de nuit. Plus maintenant. Je vérifie les serrures, les fenêtres. Harriet peint des œufs de Pâques. Elle a une passion soudaine pour les œufs de Pâques. Elle figure de minuscules animaux à l'intérieur des œufs. Elle compose de petites scènes, un cerf au bord d'une cascade, un lapin sous un buisson. Le salon se remplit d'œufs bizarres. Des amies viennent la féliciter. Elle aimerait travailler sur des œufs plus gros. Je joue au golf. Nous sommes un peu fous, notre vie s'effiloche, se brouille. Nous le reconnaissons volontiers.

Denny nous écrit de New York. Il travaille comme serveur, suit des cours d'art drama-

tique. Prière d'envoyer cent dollars. Tina téléphone du New Hampshire. Elle est enceinte.
Rick, menuisier. Ils achètent une maison.
Prière d'envoyer cent dollars. Jamie téléphone.
Envoyez-moi des petits gâteaux. A toujours la
fièvre. A fait trente kilomètres aujourd'hui. Le
sergent est bien parti pour avoir sa peau. Doit
se lever à quatre heures pour nettoyer les
latrines de tout le camp. Je lui dis que je vais
m'occuper de tout, je vais écrire à Tunney, à
Cranston, à Reagan. Surtout pas. Ça ne fera
qu'aggraver les choses. Comment va mon chien ?

Organisons une fête avec de nombreux invités, les vieux amis, nous devrions davantage
nous amuser maintenant. Nous lançons les invi-
tations. Les gens arrivent. Des scénaristes et
leurs épouses. A couteaux tirés. L'alcool aidant,
les scénaristes de la télé contre ceux du cinéma.
Esclandre. Une femme me traite de porc fas-
ciste. Je la frappe. Son mari me dérouille. Gros
remue-ménage dans le patio. Les voisins appel-
lent le shérif. Une actrice saoule se précipite
vers le bord de la falaise et menace de sauter.
Saute, salope ! Un adjoint au shérif la retient
de justesse. La fête tourne en eau de boudin.
Amitiés brisées, vaisselle brisée, verres renver-
sés, vomi sur la pelouse. Dans la salle à manger,
une bête quelconque a pissé sur le mur. Nous
nous jurons de ne plus jamais organiser de
fête.

∗
∗∗

Je me rappelle le jour où Rocco a été assas-
siné. Cette journée demeure aussi inoubliable

que la tragédie elle-même, une journée pour les baleines et les marsouins, pour les voiliers et les canots automobiles, avec un azur si éblouissant que Michel-Ange aurait aimé le peindre, où l'on scrutait la lisière des nuages floconneux à la recherche de chérubins jouant de trompettes dorées. Juillet et la promesse **du doux été, la** marée basse et mélodieuse, des filles minces et bronzées en bikini, leurs culs comme des miches de pain chaud, les mouettes qui planaient, les bécasseaux au vol rapide, les patients surfeurs perchés, les parasols à rayures colorées, et un bull-terrier blanc au tempérament de feu qui chassait les mouettes en aboyant joyeusement.

Nous avons contourné le promontoire de la falaise, dansé sur les rochers avant d'arriver sur l'étendue de sable connue sous le nom de Little Dume, une petite anse couverte de baigneurs. Une gigantesque chose sombre retenait leur attention près du rivage ; ils s'étaient réunis autour d'elle en demi-cercle. On aurait dit la coque retournée d'un bateau, mais quand nous nous sommes approchés, nous avons découvert une grande baleine bleue dans l'eau peu profonde. Elle gisait sur le flanc, montrant son ventre jaunâtre et son vaste dos couleur ébène et bleu. Les journaux ont ensuite affirmé qu'elle mesurait trente mètres de long et pesait cent tonnes. Dieu seul sait comment elle était arrivée là, échouée dans deux pieds d'eau ; le trou de son dos émettait des gargouillis douloureux, sa queue battait faiblement, ses yeux exsudaient des larmes huileuses, la cavité de

166

sa bouche, à moitié ouverte, aspirait les vagues de la marée montante.

La foule solennelle regardait avec compassion le géant des profondeurs respirer péniblement et agiter sa lourde queue. Des mouettes téméraires se posaient sur son dos sombre. Des algues et des débris divers allaient et venaient autour de ses lèvres ouvertes.

J'ai pris le collier de Rocco et nous nous sommes approchés de la foule. Le chien a grondé en voyant la queue qui battait. Il a tiré sur le collier, ses pattes ont griffé le sable. Il voulait attaquer la baleine. Son absolu manque de peur m'a amusé. Quel mal pouvait donc faire un chien de trente kilos à une baleine de cent tonnes ? Ça m'amusait énormément. Je l'ai lâché.

Il l'a chargée au moment où la dernière vague refluait. D'un bond, crocs en avant, il s'est rué sur le ventre de la baleine. Il y est resté accroché, les dents plantées dans la chair. Je l'ai entendu grogner. Un murmure de détresse s'est élevé de la foule. La vague suivante a déferlé. La baleine a roulé. Rocco a perdu prise, puis est tombé dans l'eau.

Quelqu'un a demandé sèchement : « A qui appartient ce chien ? »

Rocco s'est relevé quand la vague a reflué. La grande queue battait. Rocco s'est rué dessus, l'a attrapée et s'est obstinément agrippé à un objet vingt fois plus grand que lui. La foule grondait. Le chien tournait en dérision tout ce foutu drame.

Une femme a dit : « Il est en train de la tuer ! »

La gueule de la baleine s'est ouverte comme si elle cherchait de l'air. Elle semblait beaucoup souffrir. Les algues drapaient ses lèvres bleuâtres. L'hostilité de la foule envers le chien a encore augmenté. On criait : « Arrêtez ce chien ! Tuez ce fils de pute ! » De nouveau, la queue a fouetté l'air et projeté le chien vers le rivage. Après un double saut périlleux, il a atterri sur ses pattes ; la joie du combat brillait dans ses petits yeux. Il a longé la baleine à toute vitesse, puis a chargé la gueule ouverte, mais une vague l'a repoussé vers le sable. Un gosse lui a lancé du bois flotté. Un homme s'est précipité et lui a décoché un coup de pied. Mais pour un bull-terrier, une baleine n'est rien d'autre qu'un gros chien. Il a encore chargé, pour se prendre les pattes dans les algues, rouler sous la gueule de la baleine, se perdre dans les remous de l'eau et les débris rejetés par la mer.

Alors, bam ! Levant les yeux, j'ai vu un pêcheur à la poupe d'un bateau à moteur, un fusil qui fumait encore à la main. J'ai vu l'eau rougir autour de mon chien. J'ai vu son corps blanc emporté par le ressac. Je me suis précipité dans l'eau blanche d'écume, rouge de sang. La moitié de sa tête avait été emportée. Il était encore chaud quand je l'ai pris dans mes bras et porté à travers la foule qui s'est ouverte pour me laisser passer. Une adolescente au nez froncé a regardé mon beau Rocco mort, et dit : « Je suis bien contente ! »

La marée montante a emporté le cadavre de

la baleine vers la haute mer. J'ai porté mon chien jusqu'à la maison et l'ai enterré près du corral.

⁛

Un matin de septembre le soleil qui attaquait ma fenêtre comme pour en briser la vitre m'a réveillé. Il frappait mon visage et mes yeux, il m'a tiré du lit. « Que veux-tu, nom de Dieu ? » j'ai dit. Je me suis levé pour fermer les rideaux, puis rallongé dans la pénombre. A dire vrai, je ne pouvais affronter une journée de plus. J'en avais marre de cette grande maison. A quoi bon ces chambres vides et un jardin grand comme un parc où personne ne se promène ? A quoi bon des arbres sans des chiens pour pisser dessus ? Je ne pouvais plus écrire une seule ligne dans cette maison. Et puis j'en avais marre de l'autre occupant, de la femme qui vivait de l'autre côté de la maison. Qui était-elle pour me dire que je ne pouvais pas acquérir un bull-terrier ?

Cartes sur table. Belliqueux et les fesses à l'air, je suis allé dans la cuisine où je l'ai trouvée derrière des lunettes de lecture, en train de lire le journal du matin.

« Qu'as-tu contre les bull-terriers ? »

Elle a été si stupéfaite qu'elle a nerveusement allumé une cigarette. « Tu parles sérieusement ? Après Rocco et Mingo ? Tu sais très bien que tout le monde nous déteste dans le voisinage. »

« Ils ont tous un chien. Pourquoi pas moi ? »

169

« Un bull-terrier n'est pas un chien, c'est un fauve. Et puis, il se battrait avec Stupide. »

« Stupide est parti depuis cinq semaines. »

« Nous ne devons pas perdre espoir. Pour Jamie. »

Je me suis rasé, brossé les dents, coiffé, j'ai réfléchi. Ensuite, je suis retourné dans la cuisine.

« J'ai pris une décision. »

Elle a baissé ses lunettes. « Ah oui ? »

« Soit je prends un bull-terrier, soit je quitte le pays. »

Son sourire n'avait rien d'avenant. « Rome ? »

« La Ville Eternelle. » Ça sonnait formidablement.

« Dans ce cas, tu ferais mieux d'acheter deux billets. Un pour toi et un pour ton chien. »

« Un jour, tu regretteras ces paroles. »

« Essaie donc. »

Je comptais tirer au moins quatre cents dollars des armes, de la scie électrique et des clubs de golf, mais ils ne m'ont finalement rapporté que deux cent vingt-cinq dollars. La casse m'a racheté le tracteur trois cents dollars. J'ai essayé de marchander à cinq cents, mais il n'y a rien eu à faire. L'employé a examiné la tondeuse dans la cabane à outils, et elle lui a plu. Je l'ai laissé l'essayer dans le jardin.

« Combien en voulez-vous ? »

« Cinquante », j'ai dit.

« Vingt-cinq. »

« Quarante-cinq. »

« Trente. »

Harriet s'est penchée par la fenêtre au-dessus

de nous. « J'aurai besoin de cette tondeuse »,
elle a dit. « Je t'interdis bien de la vendre. »

« Si tu la veux, faut que tu me l'achètes. »

« Combien ? »

« Soixante dollars », j'ai dit.

« D'accord. »

Insouciante, indifférente à mes projets, elle
vaquait à ses occupations. Et pourquoi pas ?
Elle avait une rente personnelle due à un héri-
tage ; quand j'aurais pris mes cliques et mes
claques, elle se porterait comme un charme,
merci bien.

Avec six cents dollars en poche, j'ai conduit
jusqu'à Westwood pour vendre ma Porsche. Je
l'avais lavée, astiquée, jusqu'à ce qu'elle brille
comme de la porcelaine, j'avais ciré le cuir
rouge des baquets. Si je pouvais en tirer huit
cents dollars, j'en aurais près de quinze cents
pour mon voyage. Le prix du billet en moins,
j'atterrirais à Rome avec neuf cents dollars
environ. Je pourrais vivre trois mois avec cette
somme. Et si je ne parvenais pas à trouver du
travail, j'écrirais tout bonnement à Harriet que
mon ulcère s'était remis à saigner, afin qu'elle
m'envoie l'argent de mon billet de retour.

Le blondinet du département des voitures
étrangères m'a rapidement proposé sept cents
dollars, mais j'ai tenu bon pour en avoir cent
de plus, et il a fini par céder. Remplir les
papiers, annuler le crédit, signer les contrats,
tout cela a pris une heure. Une fois ces forma-
lités réglées, le comptable est entré dans le
bureau et m'a tendu un chèque de cinq cents
dollars.

« Vous vous êtes trompé », j'ai dit. « Nous étions d'accord pour huit cents. »

« Vous avez deux traites de retard, et le paiement est dû aujourd'hui. »

« Vacherie. »

J'ai laissé tomber le chèque sur le bureau.

« Désolé », il a dit en rassemblant les documents.

Avec onze cents dollars dans mon portefeuille et tous mes espoirs romains évanouis, je suis sorti du bureau-caravane pour voir une dernière fois ma belle Porsche. Le blondinet est venu à la porte et a crié : « Hé, Jethro ! »

Un mécanicien noir en salopette graisseuse est apparu derrière une clôture.

« Désosse-la et ramone-lui la chatte », a dit le blondinet.

Le mécano a emmené la Porsche. J'en ai été malade. Je me sentais comme Judas Iscariote. J'aimais cette foutue Porsche — un bull-terrier monté sur roues. J'avais essayé toutes ses concurrentes, ratiboisé des Corvette et des Jaguar qui m'avaient semblé faire du surplace. Elle allait appartenir à un autre, et moi je serais sans roues. Mes armes s'étaient envolées. Mes clubs de golf s'étaient envolés. Ma scie électrique s'était envolée. Mon tracteur aussi. Je n'avais plus rien, sinon quelques dollars inutiles et le vieux tacot abandonné dans le garage par Denny.

Je suis rentré chez moi en car. Le voyage était épuisant, mais il m'a donné le temps de réfléchir à ce que j'allais dire à Harriet. Parfois la simple vérité se révèle très utile. Un homme ne perd pas forcément la face en exprimant dignement, simplement, les faits bruts. Harriet n'était pas un être vindicatif. Elle comprendrait.

Il faisait nuit quand je suis descendu à l'arrêt du car de Point Dume. Trop fatigué pour faire à pied le dernier mille jusqu'à la maison, j'ai téléphoné pour lui demander de venir me chercher.

« Où est ta voiture ? » elle m'a demandé.

« Je l'ai vendue. »

« Mais pourquoi donc ? »

Tel quel. Elle avait tout oublié. Ça m'a rendu furieux.

« Parce que je pars pour Rome, tu te rappelles ? Je me tire. Je quitte le pays. Retour à mes origines, retour au berceau de la civilisation, retour au sens du sens, à l'alpha et à l'oméga. Adieu, Point Dume, adieu, les mômes, les chiens et la femme qui ne m'a jamais compris et ne me comprendra jamais. »

Elle a raccroché. Je suis rentré à pied.

⁂

Elle était enfermée dans sa chambre. Mon dîner, poulet frit et gratin de pommes de terre, était au four. Il y avait une salade sur la table. J'ai ouvert une bouteille de vin et me suis servi la cuisse du poulet. Elle avait exactement le même goût que celle d'Harriet. Je l'ai déchiquetée à pleines dents, puis arrosée d'une gorgée de vin.

Ma situation était absurde. Je m'étais vanté

173

d'être acculé de toutes parts, et maintenant, pour sauver mon honneur, je ne pouvais plus me défiler. Pourtant, je refusais d'aller à Rome avec si peu d'argent. Les froids sols de marbre des hôtels glaçaient la plante de mes pieds. Les Romains servaient un mauvais café américain. Les rues empestaient le gorgonzola rance. Les belles de nuit étaient débraillées, déprimantes. Les World Series me manqueraient. Là-bas, le dimanche, le grand truc était d'attendre sous les fenêtres du pape. La forme la plus vile d'humanité était sans conteste le scénariste italien. Il se baladait avec des scénarios refusés sous le bras, son cul bien visible à travers le fond de son pantalon élimé. Il méprisait les Italo-Américains, les traînait dans la boue comme des couards qui avaient fui la somptueuse pauvreté nationale tandis que lui, l'authentique patriote, était resté dans la mère patrie pour l'aider à surmonter la tragédie de deux guerres. Si vous protestiez que vous n'aviez pas choisi votre pays de naissance, alors il insultait votre père ou votre grand-père qui avait opté pour une vie meilleure dans un autre pays.

L'homme qui m'a sauvé en me dévalisant m'a téléphoné vers dix heures.

« Z'êtes le particulier qu'a fait passer une annonce pour un chien perdu ? »

« Absolument. Qui êtes-vous ? »

« Un akita noir et brun ? »

« On dirait que c'est lui. Qui est à l'appareil ? »

« La récompense est de combien ? »

« Vingt-cinq dollars. »

Le type a ri. « Vous rêvez. »

« Qui êtes-vous ? »

« J'en veux trois cents. »

« Vous êtes cinglé. Il ne vaut pas trois cents dollars. »

« C'est un pur-sang. Un chien précieux. »

« Ça dépend pour qui. »

« J'veux trois cents dollars. »

Je tenais la solution de mes problèmes. Je savais qu'Harriet écoutait dans la chambre. J'entendais sa respiration dans le téléphone.

« D'accord. Marché conclu. »

Il s'appelait Griswold. Il habitait Decker Road, à mi-chemin entre la côte et la Vallée. Je lui ai dit que je passerais le lendemain matin.

Quand j'ai raccroché, Harriet s'est élancée dans le couloir en chemise de nuit.

« C'est de l'extorsion de fonds pure et simple », elle a protesté. « Ne le paie pas ! »

Quand nos regards se sont croisés, j'ai lu dans le sien que nous avions momentanément oublié Rome. La situation basculait soudain en ma faveur.

« Et Jamie ? » j'ai dit.

« Quoi, Jamie ? »

« Je lui ai fait une promesse. »

« Il comprendra. »

« Tu voudrais que je trahisse une promesse faite à mon propre fils ? »

« Tu ne peux pas dépenser ces trois cents dollars. »

J'ai sorti mon épais portefeuille et l'ai lancé sur la table. « Si, je peux. »

« Et ton voyage à Rome ? »

« Qu'est-ce que Rome quand on doit remâcher la trahison d'une promesse faite à son fils ? Qu'est-ce que Paris, ou New York, ou n'importe quel endroit du monde ? Mon devoir est clair. Dieu sait que j'ai des défauts, mais on ne pourra pas m'accuser d'avoir été déloyal envers mes enfants. »

Elle n'a pu cacher son admiration qui a inondé son visage rayonnant. Harriet m'a regardé comme si elle venait de découvrir chez moi des abîmes de galanterie insoupçonnés. Perplexe et pensive, elle a poussé un soupir en s'asseyant à la table.

« Ça me paraît injuste. Je voulais que tu partes. Je voulais que tu te débarrasses de Rome une bonne fois pour toutes. »

Je lui ai servi un verre de vin.

« Franchement, j'ai bien réfléchi à mon projet romain. J'ai été égoïste, déraisonnable. Quel droit ai-je de te laisser seule ici en partant à l'autre bout du monde ? C'est toi qui as besoin de voyager. Tu as eu une année terrible. Tous tes enfants sont partis, toutes tes tâches remplies, et pour quoi ? Plus que moi, tu as besoin de vacances. »

« Londres », elle a hasardé rêveusement en scrutant le fond de son verre.

« Tout ce que tu voudras, mais allons-y ensemble, mari et femme. Dès que nous aurons rassemblé l'argent. »

Par-dessus ses lunettes, les mers bleues de ses yeux m'ont submergé d'amour pendant qu'elle buvait une gorgée de vin en souriant.

Vingt-Quatre

Decker Road sinuait dans les montagnes comme un serpent désireux d'échapper à la mer. C'était une journée éblouissante sur une route déserte ; je n'ai pas rencontré une voiture dans un sens ni dans l'autre pendant vingt kilomètres, jusqu'à Mulholland Drive.

La pancarte annonçait : *Garage Automobile Griswold*. J'ai ralenti pour diriger le break dans l'allée qui descendait sur une centaine de mètres en contrebas de la route. L'endroit était un vrai capharnaüm. Epaves de voitures et de réfrigérateurs, machines agricoles rouillées, tas de bois, de pneus, fûts d'essence, sièges de voiture. Des bandes de poulets erraient partout en égratignant le sol rougeâtre. Deux ânes broutaient de l'herbe à flanc de colline.

Je me suis garé à côté d'une caravane posée sur des cales, dont l'avant était couvert de coquillages divers, plaques minéralogiques, filets de pêche, gourdes et étoiles de mer. Au-dessus de la porte un mot unique proclamait la conviction de Griswold à propos de la guerre: Paix !

Il est arrivé au moment où je descendais de voiture, la quarantaine, petit, râblé, une barbe rousse, un jean et un T-shirt. Il chiquait du tabac.

« C'est pour quoi ? »

« Je suis venu voir le chien. »

« Z'êtes le scénariste de cinéma ? »

« Exact. »

« Par ici. »

Nous avons parcouru vingt mètres jusqu'à un enclos carré fait de bric et de broc, bois et tôle ondulée, haut d'un mètre. Griswold a craché un jet de tabac par-dessus la modeste barrière.

« C'est lui ? »

J'ai avancé à côté de Griswold et regardé dans l'enclos. Il n'y avait pas la moindre végétation sur la terre rouge. Allongé dans un coin sur une litière de paille, j'ai vu Stupide. Un auvent bas le protégeait du soleil. Il paraissait endormi ; quand je l'ai appelé, il a légèrement redressé la tête et remué la queue en reconnaissant ma voix. Puis sa tête est retombée dans la paille. « C'est bien mon chien », j'ai dit.

Il y a eu un mouvement brusque dans les profondeurs de la paille. Une forme lente et indistincte a forcé Stupide à se lever. C'était une truie, une truie blanche maculée de rouge qui poussait Stupide en se mettant sur ses pattes. Elle a regardé Griswold et moi en renâclant joyeusement ; la paille est tombée de son dos quand elle a trotté vers nous.

« Voici Emma », a dit Griswold.

Elle était jeune, ronde comme une boule de neige, nantie de mamelles blanches flasques et d'un perpétuel sourire sur son faciès serein. Elle est arrivée droit sur moi et a levé des yeux bleus étincelants, tandis que son groin palpitait de plaisir. Griswold a baissé la main, qu'elle a reniflée. Quand j'ai tendu le bras, elle a joyeusement couvert de bave ma paume qui

178

caressait son museau chaud. Stupide s'est aussitôt posté contre elle pour lécher sa gueule et
ses yeux. Il était fou d'elle.

« Quel âge a-t-elle ? »

« Deux ans. Un voisin me l'a donnée en
échange de garnitures de freins neuves. »

« Comment se fait-il qu'ils soient ensemble ? »

« C'est le chien qu'a choisi, pas moi. Il sautait
sans arrêt par-dessus la clôture. »

« Y a-t-il quelque chose entre eux ? Je veux
dire, ont-ils des rapports ensemble ? »

Ça a gêné Griswold.

« Ne vous inquiétez pas, Griswold. C'est un
chien très excentrique. »

Griswold a lancé un long jet de jus de tabac.
« Pour dire la vérité, il a bien essayé une fois
ou deux, mais elle lui a flanqué une bonne
raclée. Maintenant il se tient à carreau. Vous
savez ce que je pense ? Pour moi, il croit
qu'Emma est sa mère. »

La truie a traversé l'enclos jusqu'à un robinet
dont l'eau gouttait dans une gamelle. Stupide
l'a suivie comme son ombre. Elle a bu, lui aussi.
Puis elle est revenue vers nous, levant vers
moi un regard velouté, pendant que Stupide
léchait des brins de paille sur son dos lisse. Il
l'admirait énormément.

Aussitôt une humeur frivole s'est emparée
du chien. Il s'est couché en aboyant deux fois
en direction de la truie. Puis il a bondi pour
faire le tour de l'enclos en aboyant, s'arrêtant
près d'elle, se roulant sur le dos, la taquinant,
jaloux de l'attention qu'elle nous témoignait.
Elle a grogné, puis l'a poursuivi sur ses courtes

pattes blanches, et il l'a laissée le coincer. Elle l'a écrasé contre le mur, ses cent kilos pesant sur lui, tandis qu'il lui mordillait gentiment les oreilles. Alors elle a perdu patience et a mordu la patte du chien. Avec un hurlement, il a boité jusqu'à la litière de paille, où il s'est couché.

« Ils vont se manquer », j'ai dit.

« Pas longtemps. J'la tue dans deux jours. »

Je l'ai regardé. « Vous la tuez ? »

« Sacré paquet de bidoche. Visez un peu ses épaules. »

Emma me souriait comme si nous devions rester éternellement ensemble.

« Vous allez la tuer d'une balle dans la tête ? »

« Non, faut les pendre par les pattes arrière, puis leur trancher la gorge. Comme ça, elles saignent correctement. »

Avec son calme visage barbu et le mot Paix au-dessus de sa porte, ce bonhomme envisageait froidement le meurtre de cette adorable créature. Je devais partir au plus vite, échapper à ce type et au vaillant sourire de la truie. J'ai sorti mon portefeuille et compté trois cents dollars, que j'ai déposés sur la paume calleuse de Griswold.

Stupide n'a pas hurlé quand nous l'avons tiré hors de l'enclos au bout d'une corde, mais il semblait pleurer en silence, opposer une sorte de résistance passive ; quant à l'infortunée Emma, elle a grogné en le reniflant tout du long. Nous l'avons hissé dans le break, puis fait claquer le hayon. Alors il s'est mis à brailler en grattant sur les vitres, ses pattes se défilant

180

sous son corps ; ses hurlements ont fait se dresser les oreilles des ânes lointains ; les poulets caquetaient, au bord de la panique.

Mary.

Je me suis retourné vers l'enclos. Dressée sur ses pattes arrière, la truie essayait de regarder par-dessus la barrière, mais elle était trop petite, seul son groin dépassait.

Mary.

J'ai adressé un signe de la main à Griswold et je suis monté en voiture pendant que le chien à moitié fou bondissait et griffait la vitre arrière.

« Vous aimeriez un bon rôti de porc ? » a dit Griswold.

« Pas spécialement. »

Mary.

« Je vais m'arranger pour qu'vous en mangiez. »

« Griswold », j'ai dit, « vous savez ce que je ferais, si j'étais propriétaire de cette truie ? »

Il a craché un jet de tabac.

« Je la baptiserais Mary, comme ma mère. »

« C'est marrant. »

« Je ne prétends pas comparer ma mère à une truie, Griswold, mais elle aussi souriait tout le temps. »

« Sans blague ? »

J'ai mis le contact.

« Combien en voulez-vous, Griswold ? »

« Elle est pas à vendre. »

« Combien ? »

Il s'est approché, a posé ses mains sur le toit de la voiture

181

« Vous la voulez vraiment ? »

« Oui. »

Il m'a dévisagé en fermant un œil, comme on vise dans la mire d'un fusil.

« Trois cents. »

« Je n'aime pas être impoli, Griswold, mais vous êtes une crapule. Marché conclu. »

Il a souri.

J'ai pris trois autres billets de cent dollars dans mon portefeuille, qui sont passés dans sa poche. Rome était désormais une planète inaccessible. J'ai fait reculer la voiture jusqu'à l'enclos et nous avons soulevé Mary dans le coffre. Stupide a été pris d'un accès de joie hystérique, il sautait si haut qu'il s'est cogné le crâne contre le toit du break. Renâclant et excitée, la truie a patiné sur le plancher avant de trouver une position confortable et sûre dans un coin. Stupide a aussitôt repéré une tache sur son estomac et entrepris de la faire disparaître à coups de langue.

« Que lui donnez-vous à manger, Griswold ? »

« Des ordures. J'ai un arrangement avec l'auberge de Decker. Toutes les ordures que j'veux contre cinq dollars par mois. J'm'arrangerai pour vous refiler la combine. Mais faudra apporter, vot' poubelle. »

« Non, merci. Dorénavant, cette truie mangera du grain et du maïs. »

Griswold a craché, puis m'a regardé d'un air moqueur.

« Vous voulez acheter une bonne poubelle ? »

« J'ai déjà une bonne poubelle. »

Vingt-Cinq

Le corral se trouvait dans la moitié nord de ma propriété, derrière une haie de lierre qui la divisait en deux. C'était un petit corral à côté d'une cabane où Tina avait installé deux chevaux pendant sa période équestre.

Je voulais faire une surprise à Harriet. Je savais que le retour du chien la soulagerait et lui donnerait de la joie ; quant à la truie, eh bien, du moins ce n'était pas un bull-terrier. Et puis Harriet aimait les cochons. Il y avait eu des cochons dans son enfance, à la ferme où elle avait grandi près de Sacramento. Aussi discrètement que possible, j'ai dirigé le break à travers l'ouverture de la haie, puis j'ai reculé jusqu'à la porte du corral.

Mon plan consistait à présenter à Harriet la scène idyllique et rustique du chien et de la truie cabriolant sur la terre propre et nue du corral, mais l'enclos était à l'abandon, plein de mauvaises herbes et de trous de taupes. Totalement ignare en matière de mauvaises herbes, j'ai repoussé son nettoyage à une date ultérieure.

Avec deux planches, j'ai constitué une rampe pour faire descendre Mary de la voiture. Elle s'est engagée crânement sur la rampe en glissant sur son postérieur jusque dans le corral. D'un bond Stupide l'a rejointe, et j'ai fermé la barrière. Reniflant et grognant de plaisir, la truie a effectué une rapide inspection de son nouveau foyer ; ses petits sabots vivaces piéti-

183

naient les mauvaises herbes. Alors elle a décidé de faire le ménage et de les arracher. Stupide a tenté une fois ou deux de l'imiter, mais a vite renoncé. J'ai mis une gamelle sous le robinet, et je l'ai remplie. Les deux animaux se sont approchés pour y boire côte à côte.

La truite souriante ne me quittait jamais des yeux ; j'ai compris que nous allions nous entendre parfaitement. Assis sur la poutre supérieure de la barrière, j'ai regardé son groin s'enfoncer dans les tas de terre des taupes, son dos arrondi qui brillait comme une grosse perle au soleil. Elle dégageait des vibrations confortables de stabilité bourgeoise et de foi en le Saint Esprit. Elle était ma mère ressuscitée. Le groin encroûté de terre, elle s'est langoureusement allongée sur le sol tiède. Stupide s'est laissé tomber à côté d'elle pour lui nettoyer la face. Je ne l'avais jamais vu aussi content. Ses blocages avaient apparemment disparu. Il y avait même de la douceur dans sa face d'ours. Et plus rien de sa lugubre mélancolie.

« Henry ? »

Je me suis retourné vers Harriet qui m'observait de la haie. Je lui ai fait signe d'approcher. Elle hésitait.

« Qu'y a-t-il ? »

Je lui ai encore fait signe.

Elle semblait gênée en traversant les mauvaises herbes et contournant la voiture jusqu'au corral. La truie et le chien étaient couchés côte à côte, les mamelles de la truie aussi flasques que des ballons dégonflés. Quand Harriet a découvert ce spectacle, quelque chose s'est effondré en elle. Je l'ai senti s'écraser au tréfonds de son être. Ses yeux ont quitté le corral pour se poser sur moi. Ils palpitaient de pitié, de confusion, de désespoir. Sans un mot, elle a fait demi-tour, puis est retournée vers la maison.

Toujours installé sur mon perchoir, je l'ai regardée s'éloigner de plus en plus loin d'un pas décidé, au-delà de la haie, passer devant le garage, franchir le seuil de la porte de derrière, pénétrer dans les profondeurs de la vaste maison solitaire.

Par-delà la maison, j'ai regardé l'horizon bleu de la baie. Scintillant dans le soleil, un 747 vrombissait au loin en décrivant un large cercle au-dessus de la mer avant de retourner vers le continent pour se diriger vers l'est, Chicago, New York ou peut-être Rome. Mes yeux sont descendus vers le toit blanc de la maison en forme de Y, vers les rideaux d'organdi de la fenêtre de Tina, vers les branches du grand pin ponderosa qui abritaient toujours les restes de la cabane aérienne construite par Dominic quand il était enfant, puis mon regard s'est déplacé vers le pare-chocs rouillé de la voiture de Denny qui dépassait du garage, et, au-dessus, vers le filet en loques fixé à l'anneau de basket de Jamie.

Soudain, je me suis mis à pleurer.

Imprimé en France sur Presse Offset par

BRODARD & TAUPIN

GROUPE CPI

La Flèche (Sarthe), 10001

N° d'édition : 1932
Dépôt légal : juin 1989
Nouveau tirage : janvier 2002